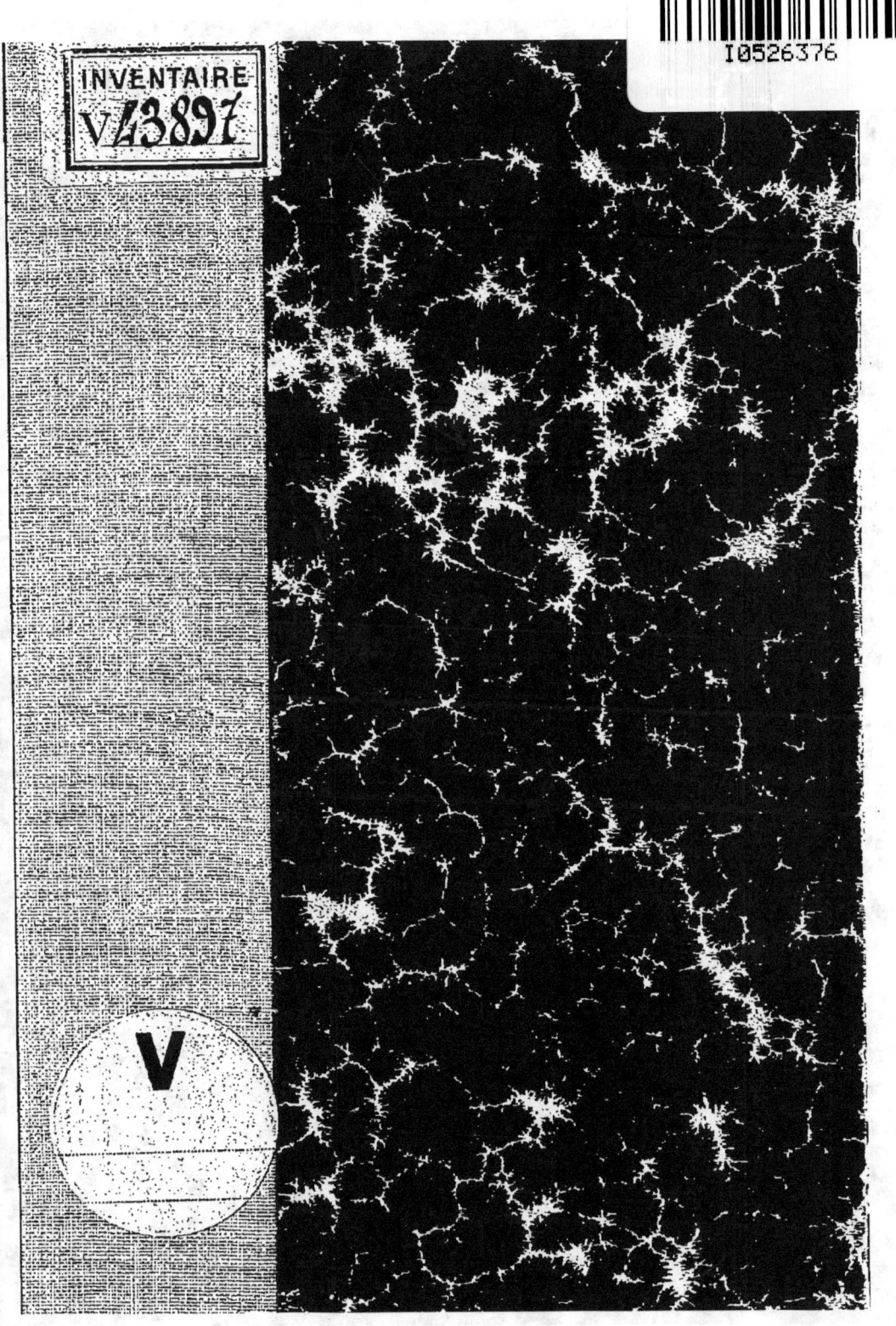

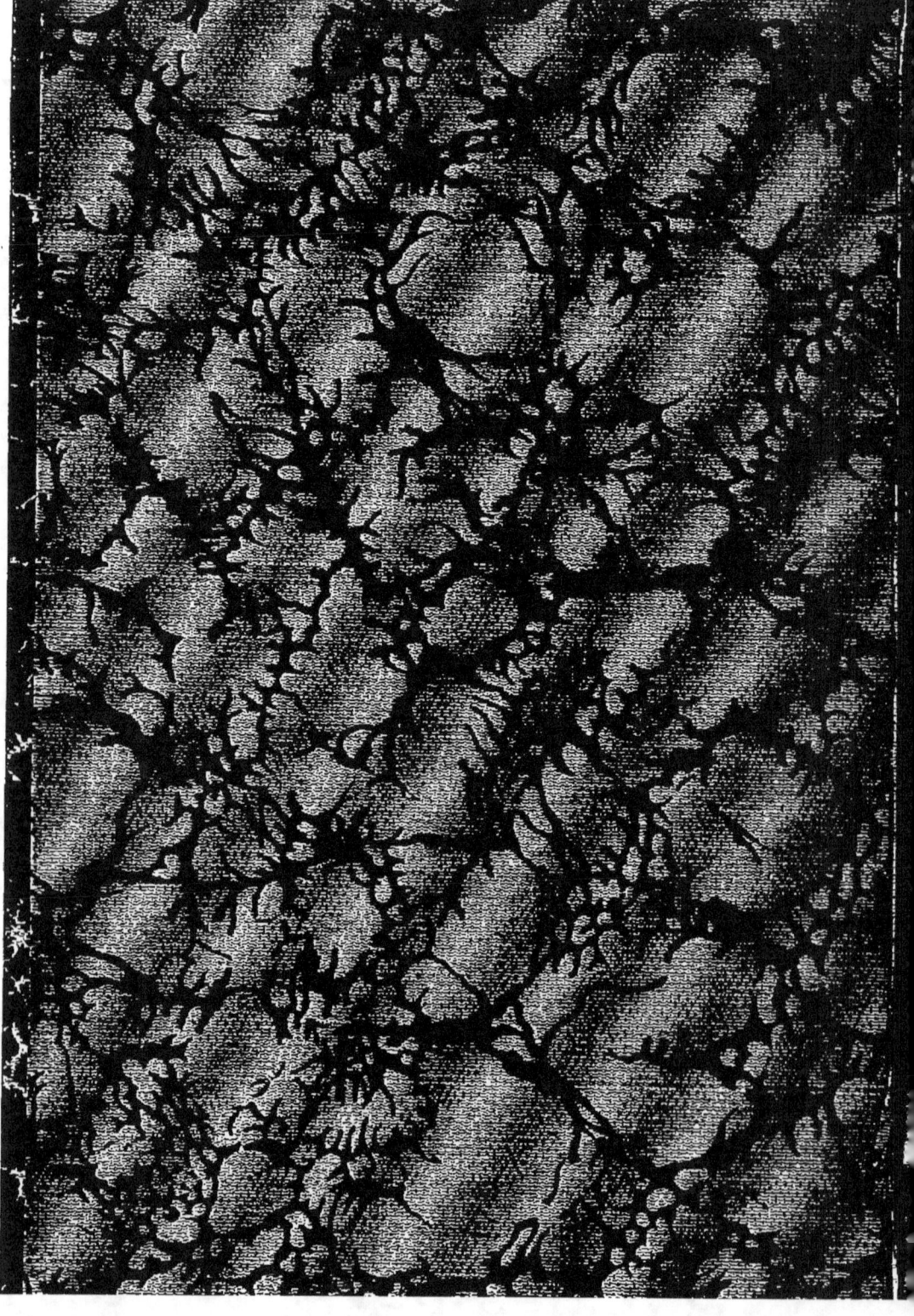

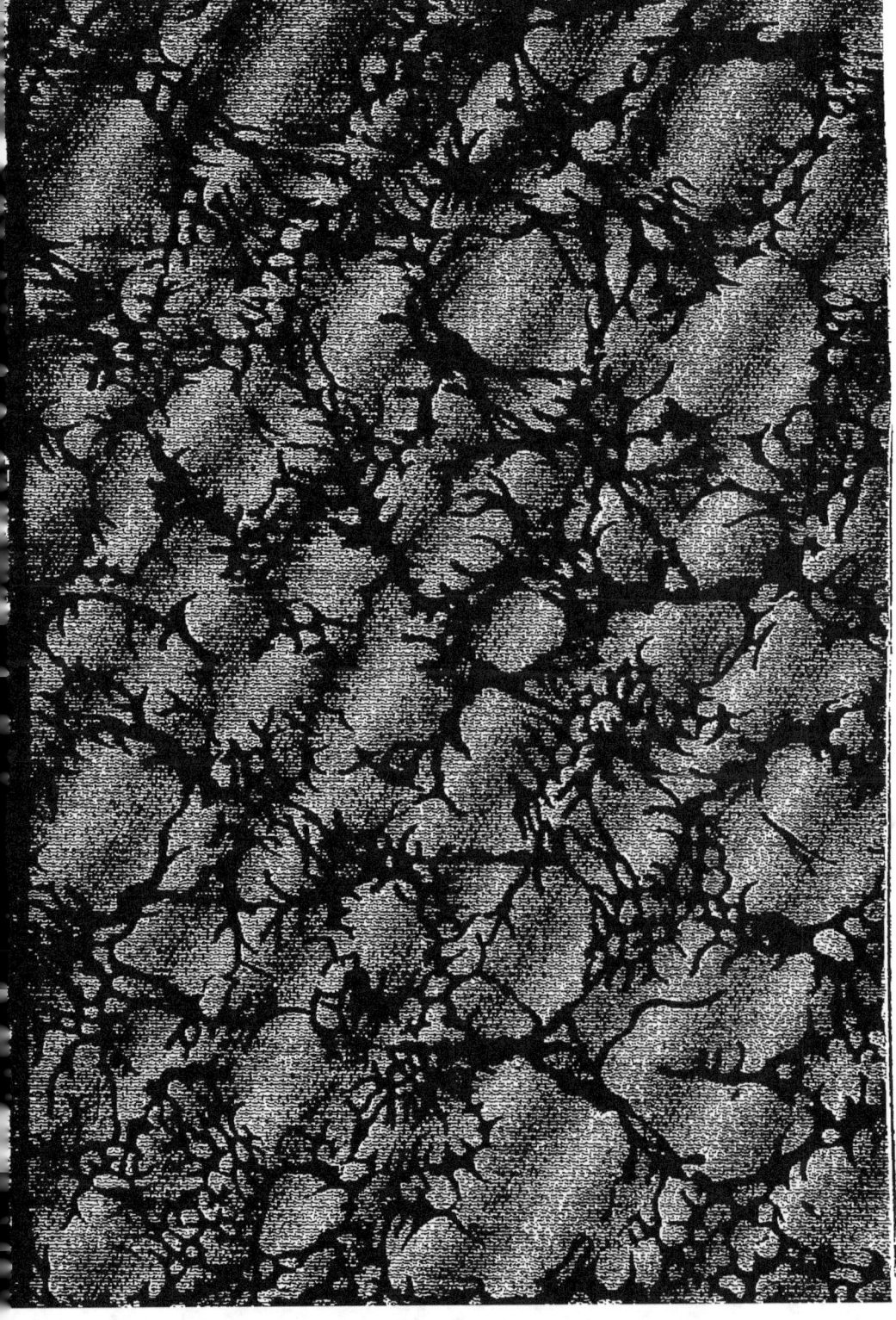

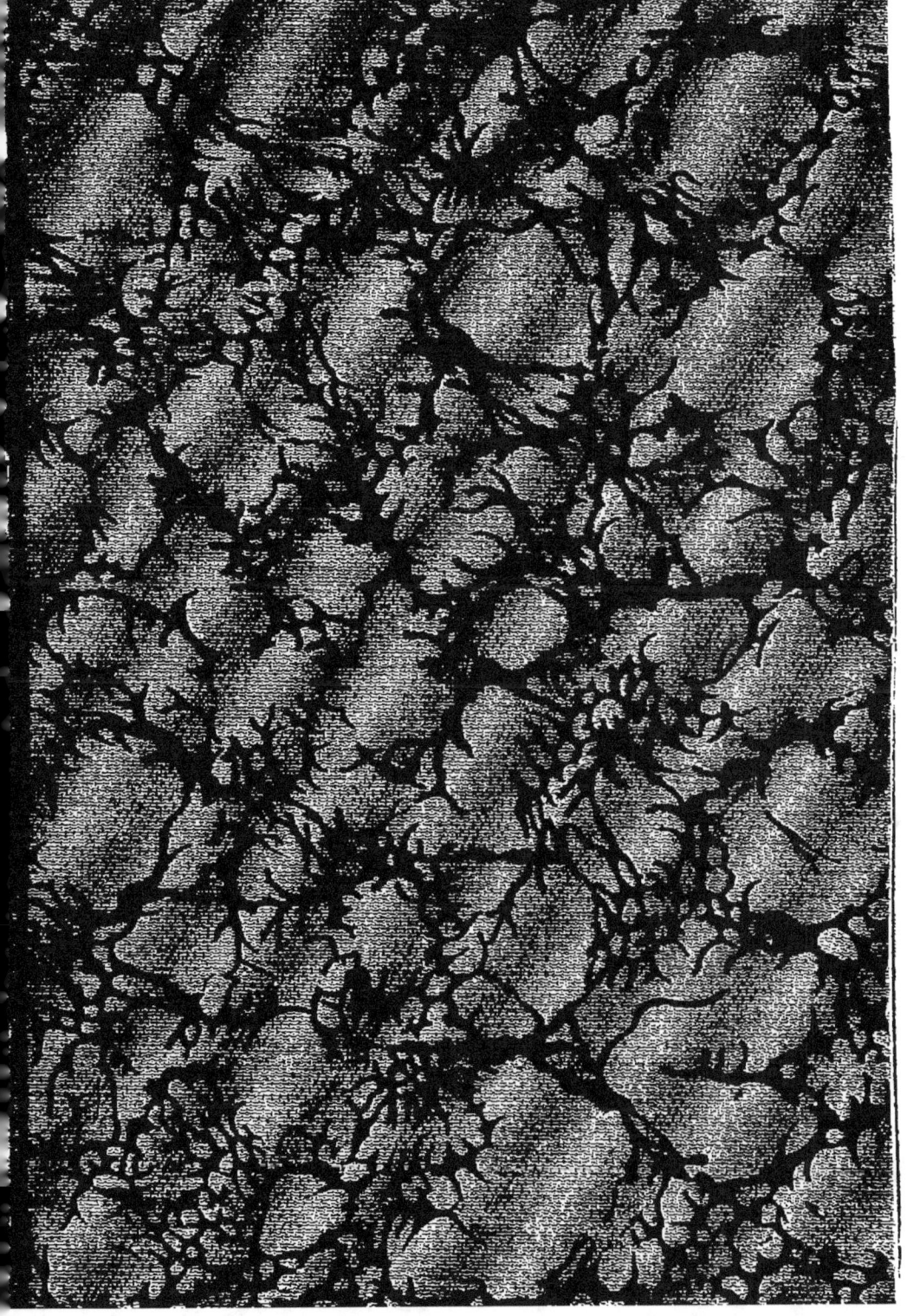

ALBERT DE LASALLE

LA MUSIQUE

PENDANT

LE SIÉGE DE PARIS

IMPRESSIONS DU MOMENT ET SOUVENIRS
ANECDOTIQUES

SUR

La Marseillaise, — le Rhin allemand,
les Girondins, — le Chant du Départ,
les Chansons de la rue et du théâtre, — la Musique
religieuse, — les Concerts de l'Opéra,
les Concerts au profit des canons,
les Instruments de musique militaire, etc.

PARIS

E. LACHAUD, LIBRAIRE-ÉDITEUR

4, PLACE DU THÉATRE-FRANÇAIS, 4

1872

ALBERT DE LASALLE

LA MUSIQUE

PENDANT

LE SIÉGE DE PARIS

IMPRESSIONS DU MOMENT ET SOUVENIRS
ANECDOTIQUES

SUR

La Marseillaise, — le Rhin allemand,
les Girondins, — le Chant du Départ,
les Chansons de la rue et du théâtre, — la Musique
religieuse, — les Concerts de l'Opéra,
les Concerts au profit des canons,
les Instruments de musique militaire, etc.

PARIS

E. LACHAUD, LIBRAIRE-ÉDITEUR

4, PLACE DU THÉATRE-FRANÇAIS, 4

1872

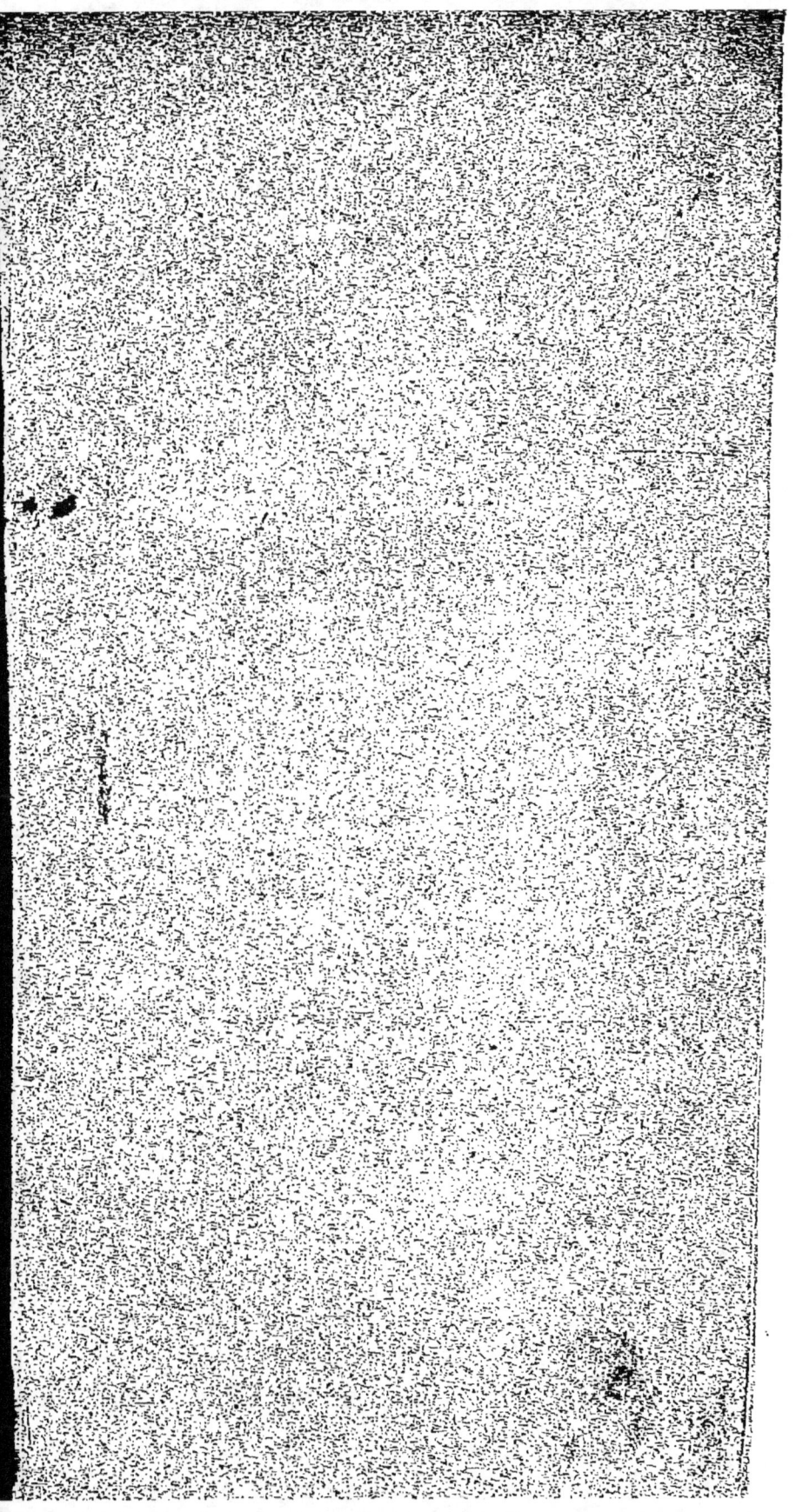

LA MUSIQUE

PENDANT

LE SIÉGE DE PARIS

DU MÊME AUTEUR

HISTOIRE DES BOUFFES-PARISIENS (souvenirs, anecdotes, répertoire, statistique.....).

LA MUSIQUE A PARIS (théâtres, concerts, Institut, Conservatoire, orphéons, musique religieuse, littérature musicale, etc....). En collaboration avec M. E. THOINAN.

MEYERBEER (sa biographie et le catalogue de ses œuvres).

L'HÔTEL DES HARICOTS, maison d'arrêt de la garde nationale (histoire anecdotique....., avec 70 dessins par E. MORIN, d'après les originaux de Decamps, Devéria, Daumier, Millet, Nanteuil, Cicéri, Traviès, Yvon, etc....).

DICTIONNAIRE DE LA MUSIQUE APPLIQUÉE A L'AMOUR, avec un frontispice de E. MORIN.

———

EN PRÉPARATION

LA CANNE A LA MAIN, récits de voyages en Angleterre, en Belgique, en Suisse et en Italie.

LES THÉATRES DE VENISE VERS LA FIN DU XVIIᵉ SIÈCLE.

ALBERT DE LASALLE

LA MUSIQUE

PENDANT

LE SIÉGE DE PARIS

IMPRESSIONS DU MOMENT ET SOUVENIRS
ANECDOTIQUES

SUR

*La Marseillaise, — le Rhin allemand,
les Girondins,— le Chant du Départ,
les Chansons de la rue et du théâtre, — la Musique
religieuse, — les Concerts de l'Opéra,
les Concerts au profit des canons,
les Instruments de musique militaire, etc....*

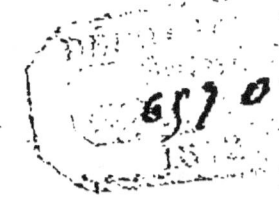

PARIS

E. LACHAUD, LIBRAIRE-ÉDITEUR

4, PLACE DU THÉATRE-FRANÇAIS, 4

1872

A MON AMI

AMÉDÉE QUEVREUX

AU LECTEUR

On connaît cette vieille chanson de soldat dont le refrain dit gaiement :

> C'est à tort qu'on plaisante
> Le Français réjoui ;
> Le Français quand il chante
> Fait danser l'ennemi !

Si, cette fois, l'ennemi a mal « dansé », convenons sans feinte que nous n'avons pas trop bien chanté. Et pourtant, que de chansons dans Paris assiégé ! combien de concerts dans la rue, au théâtre et ailleurs! car, en ces lugubres semaines que nous avons traversées, la musique a toujours été présente, héroïque pour exalter les vivants, funèbre pour pleurer les morts, et en toute occasion faisant écho à nos sentiments. Ses manifestations, qui ont été nombreuses et diverses, nous en avons pris note au jour le jour, et, comme on dit, sous la dictée des événements.

Ainsi, ce petit livre que nous offrons au public en 1872, a été écrit en 1870-71, au milieu de la bagarre, et presque dans le bruit et la fumée. On n'y trouvera guère que des croquis faits d'après nature, crayonnages souvent inachevés, silhouettes jetées furtivement sur un carnet, mais que l'auteur a tâché d'empreindre d'une sincérité photographique.

Cependant il était prudent de revoir et de corriger des notes aussi hâtives avant de les livrer à l'impression. Il pouvait être utile aussi de les renforcer de documents historiques choisis avec soin. Et c'est ce qui a été fait, sans que pourtant les choses du passé soient intervenues dans le ré-

cit autrement que pour jeter du jour sur celles
du présent. Comment, par exemple, se contenter
de dire : « La censure théâtrale a été suppri-
mée », ou bien encore : « On a chanté la Marseillaise ».....? N'était-il pas de rigueur de ra-
conter ce que fut la censure depuis Charles VI
le fou, qui l'inventa, et de quelle façon elle a
pesé sur les destinées de la musique? Ne fal-
lait-il pas aussi esquisser l'histoire de la Marseillaise, depuis cette nuit d'avril, où elle sortit
tout armée du cœur d'un patriote?

On remarquera peut-être que la série des
dates jetées en tête de nos chapitres commence
au 19 juillet 1870, jour de la déclaration de
guerre, tandis que le premier coup de canon
tiré sous Paris est du 18 septembre au soir.
C'est que nous avons considéré que le siége de
Paris n'avait point été l'objectif suprême, mais
bien l'objectif unique des armées allemandes, et
qu'ainsi on devait voir dans leurs opérations
militaires préalables autant de travaux d'approche autour de nos bastions. Leur haine n'é-

tant que de la jalousie concentrée, ils sont partis de leur vilain Berlin à la conquête de notre beau Paris!

Le lecteur ne nous fait pas l'injure de supposer en nous une parfaite indifférence pour les grands événements qui, à plusieurs reprises, ont modifié les destinées de notre pays. Il pourra donc voir que, plus d'une fois, au cours des pages qui vont suivre, notre curiosité de dilettante a fait place à des préoccupations plus graves. Tandis que nous étions tristement au travail, on venait nous apprendre que nos armées étaient défaites à Reischoffen, ou bien que l'Empire était renversé, que la République était proclamée, que Metz, que Strasbourg avaient capitulé, que l'armée de Paris avait fait une sortie, que l'armée de la Loire avait été repoussée au Mans.....! Le programme monographique que nous nous étions imposé nous semblait trop étroit alors, et, d'une autre encre, nous prenions note de ces faits, d'une importance si majeure.

Peut-être, cependant, nous rendra-t-on cette

justice que, tout en effleurant les sujets politiques les plus entraînants, nous n'avons pas arboré de drapeau, jugeant qu'en temps d'invasion la haine de l'ennemi est le seul sentiment qui puisse remplir les cœurs bien placés.

A. L.

LA MUSIQUE

PENDANT

LE SIÉGE DE PARIS

LA MARSEILLAISE.

19 juillet 1870.

UJOURD'HUI, sur les deux heures de l'après-midi, Napoléon III a déclaré la guerre au roi de Prusse. D'où il suit que le peuple français est invité à égorger le peuple allemand.

Et quand cette fête gauloise sera terminée, quand cette besogne urgente sera faite, vite faite et bien faite, il paraît que la dynastie impériale aura acquis une solidité extraordinaire, et que, d'autre part, se trouvera dé-

1

brouillée je ne sais quelle question de politique espa-
gnole à laquelle personne ne comprend rien !

Ces explications viennent de m'être fournies par un
de mes amis qui a longtemps conduit le cotillon dans
diverses ambassades auxquelles il était attaché. Je me
tiens donc pour renseigné, et je m'incline devant la com-
pétence de ce grave personnage ; car dans la diplomatie
on ne saurait rien dire, rien faire, ni rien danser à la
légère.

La vérité est qu'à en juger par l'échantillon parisien,
le peuple français accueille aussi chaudement que gaiement l'idée de la guerre. « A Berlin ! à Berlin !... »
crie-t-on de toute part. On entend bien aussi çà et là
quelques cris de « Vive la paix ! » mais ceux qui les
profèrent sont vite ramenés au sentiment de la guerre
par les bons coups de poing des sergents de ville. Ainsi
à crier *vive la guerre* on est un homme d'ordre, ami du
pouvoir ; mais quand on crie *vive la paix*, on devient
un perturbateur, un séditieux, au grand risque de se
faire assommer par les gens de police !

Et puis c'est la *Marseillaise* qu'on chante à tous les
coins de rue et dans tous les théâtres, mais qu'à vrai
dire *personne* ne sait. Ceux qui, sans respect, la hurlent
dehors n'en connaissent que le premier couplet ; les
artistes, qui croient la chanter sur la scène, en dénaturent
le sens par leur débit plein d'affectation. — Et je suis
triste par devers moi, car je pense qu'un peuple qui part
ainsi en guerre sans savoir son hymne national est un
peuple qui oublie une partie de ses munitions !

J'ai remonté ce soir les boulevards jusqu'au Château-d'Eau. C'est aux environs des Variétés que la foule est le plus compacte. Là il y a un concert en plein vent, et les voitures n'y peuvent pas plus passer que dans la salle Herz. Un ténor de bonne volonté est monté sur une table du café de Madrid et dit la *Marseillaise*, non pas sur le rhythme d'une marche, mais *ad libitum*, comme un récitatif, en appuyant sur les mots qu'il veut souligner et en faisant sentir la ponctuation. Cependant on l'écoute religieusement, et trente mille voix reprennent le refrain à l'unisson.

Des fenêtres du café de Suède, un baryton riposte par les *Girondins*, en affirmant que « mourir pour la patrie est le sort le plus beau... », comme s'il n'y avait pas un sort qui soit encore plus digne d'envie, celui d'être vainqueur de ses ennemis, de les chasser hors de la frontière, et de se bien porter ensuite pour jouir toute sa vie de son légitime triomphe! — Mourir au besoin, soit; mais tuer les Prussiens, mieux encore!

Autre scène sur la place du Château-d'Eau.

Un sergent de ville, que j'ai vu de mes yeux les plus étonnés, marquait le rhythme à une bande de gamins qui chantaient la *Marseillaise*. Peine perdue! mes gavroches faisaient toujours la même faute sur la syllabe *qu'un* de la phrase *qu'un sang impur...*; ils ne la tenaient que pendant un temps au lieu de deux (une noire au lieu d'une blanche), si bien que la mesure qui doit être à quatre temps pour marquer le pas d'une troupe en marche se trouvait réduite à trois temps. Cela donnait très-irrévérencieusement à la mélodie quelque ressemblance avec un air de polka-mazurck.

L'erreur, d'ailleurs, s'est accréditée. — Peut-être doit-on tenir compte de ce qu'avant la guerre l'air populaire le plus rabâché était celui des Djinns, tiré de l'opéra-comique *le Premier Jour de bonheur*. Cet air est à trois temps.

Tableau plus caractéristique encore : quand la foule reconnaît dans la rue un chanteur de l'Opéra, ou d'un autre théâtre, elle le force poliment à monter dans une voiture, et là, sur cette estrade improvisée, à chanter la *Marseillaise*. Il s'ensuit une collecte au profit de la souscription patriotique. Mmes Marie Sass et Gueymard-Lauters, MM. Colin, Sapin et Capoul ont chanté dans ces conditions; et Mme Sass a versé 691 fr. 50 dans la caisse de la souscription, Mme Gueymard 591 fr. 15.

❦

22 juillet.

Il est avéré que la *Marseillaise* n'est pas seulement tolérée par l'autorité, mais qu'elle est devenue chant officiel. Tantôt, en traversant le jardin des Tuileries, j'ai constaté qu'elle était jouée par la musique d'un régiment de la garde. Qui l'eût dit il y a huit jours?

La *Marseillaise* est, en effet, l'épouvantail des gouvernements monarchiques, qui s'imaginent qu'on parle de leur tyrannie à eux dans ce distique

> Contre nous de la tyrannie
> L'étendard sanglant est levé.

tandis qu'il s'agissait, en 1792, de la tyrannie de l'Europe coalisée contre la France.

Du reste, et au rebours du préjugé courant, l'auteur de la *Marseillaise* n'était pas précisément républicain. Il était royaliste constitutionnel, comme le mot s'entendait en 1789 et en 1814. Sous la Terreur il fut décrété d'accusation, obligé de rendre son épée d'officier du génie, contraint de se cacher, puis incarcéré (à Saint-Germain-en-Laye) pour n'avoir point applaudi à la révolution du 10 août qui renversait le trône des Bourbons.

Veut-on par la vérité combattre la légende monstrueuse qui, dans l'esprit de tant d'honnêtes gens, fausse la vertueuse et patriotique figure de Rouget de Lisle? D'abord, que l'on lise avec attention sa *Marseillaise*, en en pesant tous les mots ; puis, que l'on ouvre le livre qu'il a publié en l'an V chez Didot aîné, et qui est intitulé : *Essais en vers et en prose*. On y trouvera (page 118) une pièce intitulée : *L'Homme reconnaissant à Dieu*, et qui commence par cette stance :

> Quand, transporté vers toi du terrestre séjour,
> Mon Dieu, sur tes bontés je promène ma vue,
> Mon âme, à ce spectacle, étonnée, éperdue,
> Tressaille de respect, et de joie, et d'amour.

I.

Tout le morceau est conçu dans le même sentiment et peut servir de cantique au catéchisme.

Puis c'est (à la page 129) le *Chant de Thermidor*, où Rouget de Lisle célèbre la chute de Robespierre et la fin du régime de la Terreur. Le refrain est :

> Chantons la liberté, couronnons sa statue :
> Comme un nouveau Titan, le crime est foudroyé.
> Relève ta tête abattue,
> O France ! à tes destins Dieu lui-même a veillé !

Voici maintenant, et c'est le comble de l'imprévu ! voici du Rouget de Lisle anacréontique et galant jusqu'à la fadeur :

> Une rose encore en bouton,
> Loin de tout papillon,
> Croissait sous les yeux bienfaisants
> De Flore et du Printemps.
> Grâce et fraîcheur,
> Parfum séducteur,
> Tout ce qui plaît, charme, embellit,
> Flore en pare avec soin la fleur qu'elle chérit ;
> Ft contre les feux mensongers
> Des papillons légers,
> Par mille dards elle défend
> Son calice naissant.

En 1814, il publia le *Chant du Jura*, qui débutait par cette strophe non équivoque :

> Vive le roi !
> Noble cri de la vieille France.
> Cri d'espérance,
> De bonheur, d'amour et de foi !

Trop longtemps étouffé par le crime et nos larmes,
Éclate plus brillant et plus rempli de charmes!
Vive le roi!

Ce sont là des preuves concluantes, ou il n'en est pas, que Rouget de Lisle, tel qu'il était, ne ressemblait point au croquemitaine sanglant dont on menace les petits bébés monarchistes quand ils n'ont pas été sages.

ℭℋ

Rouget de Lisle avait préludé à la *Marseillaise* en composant les paroles de l'*Hymne à la liberté*, lequel fut chanté en 1791, à Strasbourg, avec de la musique d'Ignace Pleyel.

On connaît aussi de lui un opéra-féerie en trois actes, intitulé : *Almanzor et Féline*,

L'Aurore d'un beau jour ou *Henri de Navarre*, comédie en deux actes,

Et *Bayard en Bresse*, comédie en quatre actes, représentée le 21 février 1791 au Théâtre-Favart, avec de la musique de Champein.

Sous la Restauration il rima le livret de *Macbeth*, qui fut mis en musique par Chelart et représenté à l'Opéra le 29 juin 1827.

Il fit aussi un *Othello*, mais qui ne fut point représenté.

Enfin on a de lui une centaine de chants divers, écrits ou composés de 1785 à 1827, et dont une partie a paru en recueil sous le titre de *Cinquante Chants français*.

⌘

23 juillet.

La *Marseillaise*, interdite sous le second Empire, avait pourtant rompu deux fois le silence auquel on l'avait condamnée, et dans des circonstances qu'on a peut-être oubliées.

D'abord, à un concert donné à l'hôtel du Louvre, et où M. Litolf fit exécuter à grand orchestre l'ouverture d'un opéra de lui qu'il appelle *les Girondins* sur les affiches, et *Robespierre* dans l'intimité. Le morceau avait pour péroraison le refrain prohibé, qui était lancé à toute volée par les trombones. On juge de la stupéfaction ravie du public sous ce coup de tonnerre inattendu !

La seconde exhibition eut lieu en 1862, au Théâtre-Italien, dans un festival où furent exécutées diverses pièces musicales composées à l'occasion de l'Exposition de Londres. Le maëstro Verdi avait écrit, lui, une sorte de pot-pourri symphonique où les chants nationaux de tous les peuples figuraient. La *Marseillaise* y représentait

la France. Même chaleur d'enthousiasme dans l'assistance.

OIC

Il y a plusieurs versions de la *Marseillaise*. La musique militaire que j'ai entendue aux Tuileries avait adopté
celle de Berlioz, qui est très-tourmentée et pleine de
préciosité dans l'accompagnement.

L'édition primitive est datée de Strasbourg, mai 1792,
et intitulée : *Chant de Guerre pour l'armée du Rhin, dédié
au maréchal Lukner* (Dannbach, imprimeur de la muni-
cipalité).

Puis viennent les éditions :

Du Département de la Guerre, avec le titre de : *Marche
des Marseillois* (1792);

De Frère, passage du Saumon, à Paris, avec le titre
de : *Chanson des Marseillois, chantée sur l'emplacement de
la Bastille;*

De Frère (2ᵉ édition), avec le titre de : *Marche des
Marseillois, chantée sur diferans (sic) théâtres ;*

Du Magasin de musique à l'usage des fêtes nationales,
rue des Fossés-Montmartre, avec le titre de : *Air des
Marseillois* (vendémiaire an IV).

Etc. . . . .

Cette dernière édition est la meilleure, tant sous le
rapport du texte mélodique que sous celui de l'accom-

pagnement, qui n'est, il est vrai, indiqué que par une basse, mais où se reconnaît la main d'un musicien.

ⓧ

Continuons à prendre des notes sur la *Marseillaise* et sur son auteur, mais tout sèchement et sans qu'on puisse nous accuser de préoccupations trop littéraires en un pareil moment. D'ailleurs, dans l'air enfiévré que l'on respire en ces temps de guerre, la pensée a bien de la peine à se fixer à la pointe d'une plume... Elle est là-bas ! vous savez où !

Ce n'est point sans débat que l'histoire a attaché définitivement le nom de Rouget de Lisle à l'hymne patriotique de la *Marseillaise*. La musique en a été tour à tour attribuée à Gossec (qui l'avait seulement orchestrée), à Grétry, à Pleyel, à Dalayrac, à Grisons, maître de chapelle de Saint-Omer (qui l'aurait composée et insérée, en 1784, dans son oratorio d'*Esther*), au violoniste Alexandre Boucher (thèse soutenue par Jules Lecomte dans le *Monde illustré*, volume IV, page 370, et volume V, page 34), à un auteur allemand anonyme (assertion avancée par Castil-Blaze dans *Molière musicien*, tome II, page 452), à Méhul, et, dans ces dernières années, M. Fétis en fit cadeau à Navoigille.

Mais M. Fétis et les autres eurent à compter avec M. Amédée Rouget de Lisle, ingénieur civil, et neveu de l'illustre poëte et compositeur de la *Marseillaise*.

M. Amédée Rouget de Lisle renversa toutes les imprudentes hypothèses de M. Fétis par la publication d'une brochure intitulée : *La Vérité sur la paternité de la Marseillaise*, et qui surabonde de preuves concluantes.

Cet écrit, devenu très-rare, a été publié en 1865 et tiré à cent exemplaires seulement. C'est un musée copieux de faits et de renseignements pittoresques qu'il y a plaisir à piller.

꒐꒐

Examinons ce qu'il peut y avoir de non fondé dans ces diverses attributions de paternité.

Voici d'abord ce que dit Grétry dans ses *Mémoires* : « On a attribué *l'air des Marseillais* à moi et à tous ceux qui y ont fait quelque accompagnement. L'auteur de cet air est le même que celui des paroles, c'est le citoyen Rouget de Lisle. Il m'envoya son hymne *Allons enfants de la patrie*, de Strasbourg, où il était alors, six mois avant qu'il fût connu à Paris ; j'en fis, d'après l'invitation de l'auteur, tirer plusieurs copies que je distribuai. »

Quant à Pleyel, c'est bien lui qui a mis en musique l'*Hymne à la liberté*, qu'on aurait alors confondu avec la *Marseillaise*. Cet hymne fait partie du recueil des *Cinquante Chants français* de Rouget de Lisle, lequel déclare dans une note que l'air est le seul de la collection qui ne soit point de lui.

La fable dont Alexandre Boucher s'est fait le héros n'est guère admissible. En 1792, le violoniste Boucher, célèbre depuis par sa ressemblance avec le Premier consul, passait la soirée chez Mme de Mortaigne, rue de la Chaise, à Paris. Là, il fit la rencontre d'un colonel qui partait le lendemain pour rejoindre son régiment à Marseille. Le colonel lui demanda un pas redoublé, et Boucher improvisa séance tenante quelque chose qui (bien que sur la mesure à *six-huit*) ressemblait à la marche guerrière connue depuis sous le nom de *Marseillaise*. Quelques semaines plus tard, le capitaine Rouget de Lisle, détenu au fort Saint-Jean, à Marseille, composait les paroles de son hymne sur l'air de Boucher, qu'une musique de régiment jouait tous les soirs et dont les notes parvenaient jusqu'à son cachot. Et ainsi fut composé notre célèbre chant national.

Par malheur, Rouget de Lisle n'a jamais été emprisonné à Marseille; il n'a d'ailleurs été arrêté que sous la Terreur; et déjà *la Marseillaise* était populaire. Et puis, quand Alexandre Boucher *se décida* à faire cette curieuse et un peu romanesque révélation, il avait près de quatre-vingt-dix ans. Malgré sa juste impatience et son légitime orgueil, quelle patience et quelle modestie il lui aurait fallu pour garder si longtemps le silence! — Sa lettre à Jules Lecomte est signée bizarrement :

ALEXANDRE BOUCHER,

Dernier des musiciens connus, et premier des novateurs d'actualités; second recteur de musique en cours étrangères, médaille d'honneur d'académicien, etc...

Castil-Blaze, lui, raconte que l'air de la *Marseillaise* a été entendu pour la première fois en 1782, chez Mme de Montesson, épouse du duc d'Orléans, dans son hôtel situé rue de Provence, à l'endroit où a été bâtie depuis la cité d'Antin. « Cet air était celui d'un cantique allemand (?) avec refrain en chœur, un air à couplets qui, dix ans plus tard, devait faire une explosion foudroyante avec les nouvelles paroles que lui donna Rouget de Lisle, officier du génie. »

On sent que cette supposition audacieuse a dû venir d'Allemagne et qu'elle a été répandue en France par quelque espion prussien.

Castil-Blaze, avec l'envie qui le tenait d'étonner le lecteur, s'y est laissé prendre ingénument.

C'est qu'il faut se méfier d'une maison qui fait à Berlin

le commerce de ces sortes de bourdes, sous la raison sociale Bismarck, Guillaume et (mauvaise) Cie. Cette entreprise cherche à s'agrandir ; aussi envoie-t-elle des commis voyageurs dans tous les pays.

Il en est d'ailleurs du prétendu auteur du cantique allemand comme de tous ceux qui se sont depuis attribué la *Marseillaise* : il aurait composé ce chef-d'œuvre, puis il aurait gardé l'anonyme pendant de longues années, dédaignant sa légitime gloire avec la plus invraisemblable abnégation !

Quant au sieur Navoigille, il avait profité de ce que Rouget de Lisle était en prison pour mettre son nom sur une édition de la *Marseillaise*, datée de 1793, « chez Frère, passage du Saumon, où l'on trouve tous les airs patriotiques des vrais sans-culottes ». Est-ce qu'aujourd'hui on ne publie pas volontiers des fantaisies sur la *Muette* ou sur *Guillaume Tell* qui ne portent que la signature de l'arrangeur et où le nom d'Auber et celui de Rossini sont omis avec une arrière-idée de plagiat ? Et puis Navoigille n'a pas protesté, en 1796, quand, dans ses *Essais en prose et en vers*, Rouget de Lisle s'est déclaré l'auteur de la musique de la *Marseillaise*.

C'est Fétis qui, dans la seconde édition de sa *Biographie universelle des musiciens*, a mis en avant le nom de Navoigille. *Inde iræ*. Tous les journaux en ont retenti, et la plupart ont plaidé pour Rouget de Lisle, qui a gagné sa cause, non-seulement devant l'opinion, mais devant Fétis lui-même, car il s'est rétracté par une lettre

publiée dans la *Revue et Gazette musicale* du 30 octobre 1864.

⚛

C'est à Strasbourg, en avril 1792, que Rouget de
Lisle trouva par un coup de génie le *Chant de guerre
pour l'armée du Rhin*, qui ne prit le nom de *Marseillaise*
que plus tard, lorsque les Marseillais fédérés l'apportè-
rent à Paris.

Rouget de Lisle avait soupé chez Dietrich, maire de
la ville... Et, à ce propos, Mme Élise Voïart va nous
fournir des renseignements détaillés : « Ce fut à la suite
de ce repas que, rentré dans sa chambre et vivement
impressionné par les discours belliqueux qu'il venait
d'entendre, Rouget de Lisle se sentait dominé tout entier par la plus puissante inspiration. Il saisit alors son
violon, et, tout en cherchant la phrase musicale, les
paroles venaient presque à son insu s'offrir au rhythme
guerrier qui résonnait dans sa pensée. « Car, disait-il en
« me faisant ce récit, je ne les écrivis que pour garder
« l'ordre qu'elles devaient occuper dans la mélodie. » Vers
le matin, après avoir jeté sur le papier et au crayon seulement ces essais, dont il était loin d'être content, il
tomba accablé de fatigue et de sommeil. Quand, vers
neuf heures, Dietrich et ses amis vinrent lui demander

le chant qu'il leur avait promis, Rouget de Lisle, qui était loin de se douter qu'il eût fait un chef-d'œuvre, ne le leur fit entendre qu'avec une espèce de répugnance. Ils en furent ravis, et Dietrich déclara qu'il serait exécuté à grand orchestre à une représentation solennelle qui devait précéder le départ des troupes. »

La *Marseillaise* fut exécutée au théâtre le lendemain, et l'effet en fut prodigieux.

Un éditeur de Strasbourg nommé Dannbach l'imprima aussitôt. Mais il est à remarquer que cette édition primitive que nous avons sous les yeux est légèrement différente de celle adoptée depuis. A l'usage des musiciens, je ferai observer que (en prenant la mélodie dans le ton d'*ut*) la version ancienne porte *la bémol* à l'endroit où l'on chante aujourd'hui un *si bémol*, c'est-à-dire sur la syllabe *mu* du vers *Mugir ces féroces soldats.*

Un exemplaire de l'édition de Dannbach fut porté à Marseille (par un commis voyageur, raconte Castil-Blaze), et chanté pour la première fois dans cette ville par le citoyen Mireur, au dessert d'un banquet patriotique. Le lendemain, 26 juin 1792, les paroles de l'hymne furent insérées dans le *Journal des départements méridionaux et des débats des Amis de la Constitution.*

Rouget de Lisle raconte autrement le colportage de son hymne de Strasbourg à Marseille : « Je fis, dit-il, les paroles et l'air de ce chant à Strasbourg, dans la nuit qui suivit la proclamation de la guerre, fin d'avril 1792. Intitulé d'abord *Chant de l'armée du Rhin*, il parvint à Marseille par la voie d'un journal constitutionnel, rédigé sous les auspices de l'illustre et malheureux Dietrich. Lorsqu'il fit son explosion quelques mois après, j'étais errant en Alsace, sous le poids d'une destitution encourue à Huningue, pour avoir refusé d'adhérer à la catastrophe du 10 août, et poursuivi par la proscription immédiate qui, l'année suivante, dès le commencement de la Terreur, me jeta dans les prisons de Robespierre, d'où je ne sortis qu'après le 9 thermidor. »

Cependant, si les Marseillais fédérés ont popularisé la *Marseillaise* à Paris, ils ne l'y ont point précisément introduite, puisque c'est Grétry, comme nous l'avons dit, qui en reçut la première copie.

26 juillet.

La *Marseillaise*, en tant que chant populaire, est donc partie de Strasbourg (en avril 1792) et n'est parvenue à Paris qu'en passant par Marseille, ayant ainsi pour trajectoire les côtés d'un immense angle aigu; et c'est au sommet de cet angle qu'elle a reçu son nom définitif.

Nos soldats de 1792, entendant pour la première fois la *Marseillaise*, s'étaient écriés, entraînés et stupéfaits : « Qu'est-ce donc que ce diable d'air? il a des moustaches! » Le mot est historique. D'ailleurs, il peint d'un seul trait, et mieux que tout un livre de commentaires,

2.

ce qu'il y a de fierté, d'enthousiasme, de colère superbe dans les strophes de Rouget de Lisle.

Les généraux d'alors attachaient une importance extrême à la *Marseillaise*, qu'ils considéraient comme une sorte de projectile à envoyer à l'ennemi, aussi comme un excitant efficace sur ce qu'on appelle en style militaire « le moral des troupes ».

L'un d'eux écrivait au gouvernement de Paris :

« J'ai gagné la bataille, la *Marseillaise* commandait avec moi. »

Un autre demandait :

« Un renfort de mille hommes ou une édition de la *Marseillaise*. »

Un autre encore disait :

« Sans la *Marseillaise*, je me battrai toujours un contre deux ; avec la *Marseillaise*, un contre quatre. »

Voilà qui est chaud, et nous allions dire tout à fait au degré de température de ces temps héroïques.

Le 21 septembre 1792, la *Marseillaise* est chantée pour la première fois à l'Opéra par Cheron.

— 28 septembre. « La Convention nationale a décrété une fête civique, conformément à la proposition du ministre de la Guerre, et ordonné que l'*Hymne des Marseillois* serait chanté dans toute la République pour

célébrer les triomphes de la Liberté dans la Savoie. »
(*Moniteur* du 29 septembre.)

— 30 septembre. « L'opéra de *Corisandre* (3 actes
de Lebailly et de Linières, musique de Langlé) a été
joué avec tout le soin possible ; il a été terminé par une
Offrande à la Liberté, scène religieuse sur la *Chanson des
Marseillois* qui a électrisé tous les spectateurs. » (*Petites
Affiches,* 2 octobre 1792.)

— D'autre part, nous trouvons dans le *Moniteur* de
la même année (page 1380) cette annonce de librairie :

« OFFRANDE A LA LIBERTÉ, scène composée de l'air
Veillons au salut de l'Empire et de la *Marche des Marseillais,* avec récitatif, chœurs, accompagnement à grand
orchestre, exécutée à l'Opéra le 30 septembre de l'an 1er
de la République, arrangée par le citoyen Gossec, directeur de la musique de la garde nationale parisienne,
chez Imbault, rue Saint-Honoré, près l'hôtel d'Aligre. »

Gossec, aidé du danseur Gardel, avait, en effet, mis
en action les couplets de *la Marseillaise,* qui se chantaient et se mimaient à l'Opéra avec un grand concours
de choristes en costume. (Recette : 4,223 livres 4 sous.)

— Les *Annales patriotiques* du 16 octobre publient
ce fait-divers : « L'hymne des Marseillais a été chanté
à la place de la Liberté, ci devant Louis XV, par le citoyen Lays, et toutes les voix le répétaient en chœur.
On y avait joint un couplet pour les enfants.... » (le
dernier couplet : *Nous entrerons dans la carrière,* etc...,
lequel, paraît-il, est de Chénier).

— Autre entrefilet, celui-là tiré du *Magasin encyclo-*

pédique (numéro du 1er décembre 1792, tome 1er, page 15) : « Lays, Cheron et sa femme, Renaud, Rey, Adrien et Gossec vont chanter dans la Belgique, à Bruxelles, Liége, Mons, Anvers, Gand, Tournon, etc... les airs de la victoire et l'hymne sacré de la liberté (la *Marseillaise*). »

— « A la Fête civique du 2 décembre, pour la plantation de l'arbre de la Liberté à Liége, Dumouriez a entonné avec passion l'*Hymne des Marseillois*. » (*Annales patriotiques* du 14 décembre.)

— Le 14 janvier 1793, les *Petites Affiches* donnent la note suivante sur l'*Almanach des Muses* : « La première pièce qu'on y trouve est cette *Hymne des Marseillois*, si belle, si énergique, que le Français libre a répétée jusque dans les États des ennemis qu'il avait à combattre ; elle est de M. Rougez (*sic*), officier du génie. Peu d'auteurs peuvent se flatter d'avoir fait une production plus répandue. »

— Au mois d'août 1794, la *Marseillaise* est chantée officiellement dans le jardin des Tuileries, pour célébrer la victoire de Fleurus. Quinze cents musiciens prirent part à la fête, sans compter les cloches et les canons.

— Voici un extrait de la séance de la Convention du 26 messidor an III (14 juillet 1795) — (Rouget de Lisle était sorti des prisons de la Terreur) :

Jean Debry. — « Je demande que le nom de l'auteur de l'*Hymne des Marseillois*, de Rouget de Lisle, soit honorablement inscrit au procès-verbal d'aujourd'hui. Cet excellent patriote fut incarcéré six mois sous la tyrannie de Robespierre, tandis que le chant dont il avait composé les paroles et la musique conduisait nos frères à la victoire. »

Charles Delacroix. — « Rouget de Lisle a fait une autre ode à la Liberté, qui ne dément pas la première ; je demande qu'elle soit chantée dans la prochaine fête publique. »

(Ces propositions furent adoptées.)

— Dans la même séance, la Convention décrète ce qui suit :

« L'Hymne patriotique intitulée : *Hymne des Marseillois,* composée par le citoyen Rouget de Lisle, et le *Chœur à la Liberté,* de Voltaire, musique de Gossec, exécutés aujourd'hui, anniversaire du 14 juillet, dans la salle des séances, seront insérés en entier au Bulletin. »

— Le 1er vendémiaire an V, le gouvernement du Directoire fait proclamer au Champ de Mars les noms des auteurs de chants nationaux envers qui la patrie est reconnaissante. Ce sont les citoyens M. J. Chénier, Lebrun, membre de l'Institut, Théodore Desorgues, Coupigny, etc..., « enfin le citoyen Rouget de Lisle, le véritable Tyrtée français, qui, par l'influence de son chant marseillais, dont il est le poëte et le compositeur tout ensemble, a valu tant de victoires à la République, chant si cher à nos soldats, et qui sait encore forcer les ennemis mêmes à le craindre à la fois et à le chanter. » (*Moniteur* du 16 vendémiaire.)

— Voici maintenant un décret du Directoire daté du 4 janvier 1796 :

« Tous les directeurs, entrepreneurs et propriétaires de spectacles de Paris, sont tenus de faire jouer chaque jour, par leurs orchestres, avant la levée de la toile, les airs chéris des républicains, tels que la *Marseillaise*, etc...

« Dans l'intervalle des deux pièces, on chantera toujours l'*Hymne des Marseillais* ou quelque autre chant patriotique.

« Le théâtre des Arts (l'Opéra) donnera chaque jour de spectacle une représentation de l'*Offrande à la Liberté*, avec ses chœurs et accompagnements, ou quelque autre pièce républicaine.

« Il est expressément défendu de chanter l'air homicide dit *le Réveil du peuple*. »

Cet air du ténor Gaveaux, appliqué aux paroles de Sourriguières de Saint-Marc, était le chant de ralliement de la réaction royaliste, qui après le 9 thermidor se montrait entreprenante et donnait beaucoup d'inquiétude au gouvernement du Directoire.

Un soir que les royalistes se trouvaient en nombre à l'Opéra-Comique, ils forcèrent l'acteur Trial à chanter à genoux *le Réveil du peuple*. On raconte que Trial en mourut de chagrin de lendemain. La même mésaventure était réservée quelques jours après à Lays, ténor de l'Opéra, qui n'était pas moins ardent jacobin que Trial ; mais on ne dit pas que Lays en mourut.

7 août.

Jour de malheur !... Le corps commandé par le maréchal
Mac-Mahon a été battu (sinon mis en déroute) à Reischshoffen,
dans le Bas-Rhin. Rien n'est encore désespéré cependant;
nos soldats, au nombre de 33,000, ont soutenu pendant *huit
heures* l'effort d'ennemis quatre fois plus nombreux... Il y a
une foule énorme sur le boulevard; les figures sont conster-
nées, changées à ce point par la colère qu'on a de la peine à
reconnaître ses amis..... Les Parisiens ne chantent plus; ils
demandent « des armes !..... » A quoi bon tricher sur les
mots ?..... La vérité vraie, navrante, irréfutable, c'est que
« la Patrie est en danger !... » Nous voilà revenus à 1792 !...
Il pleut !

❁❁❁❁❁❁

12 août.

C'est le moment, mes chers concitoyens, de reprendre la *Marseillaise* et de la mettre en action sur les champs
de bataille :

Formez vos bataillons,
Marchez, qu'un sang impur abreuve vos sillons !

En effet, les grands-pères de nos ennemis redoutaient
fort la *Marseillaise*, qu'ils appelaient la *dangereuse Marseillaise !* ne dissimulant point l'impression qu'elle leur
causait.

Plusieurs de leurs auteurs en témoignent avec effroi :
« Cruel ! s'écrie Kotzbue en apostrophant Rouget de Lisle, barbare ! combien de mes frères n'as-tu pas fait périr ! »

Klopstock estimait à 50,000 le nombre des victimes faites par la *Marseillaise* dans les armées allemandes.

Un officier prussien, qui avait fait la campagne de 1792, a raconté ceci : « Une fois, nous entendîmes sonner l'alarme. Personne ne pouvait se rendre compte des bruits qui retentissaient au loin. On croyait entendre des cris, des roulements de tambour, des coups de canon. C'était tout cela effectivement. Les Français, qui s'étaient rapprochés de nous depuis quelques heures, saluaient l'aube matinale et en même temps l'ennemi, en répétant *l'hymne terrible* des Marseillais. Décrire l'effet de cet hymne chanté par des milliers de voix est chose humainement impossible. »

Georges Kastner, qui nous fournit la plupart de ces citations, conclut en disant que « la *Marseillaise* a toujours eu en Allemagne de nombreux admirateurs. L'auteur d'une série d'articles à la louange de nos chants nationaux, articles publiés dans la *Gazette musicale de Leipsick* (1798-1799), déclare qu'il ne trouve rien de comparable à *l'hymne des Marseillais*, si ce n'est le refrain de la *Marche des Pyrénées*, chantée alors dans son pays par nos régiments de dragons » :

Mourir pour la patrie
C'est le sort le plus beau, le plus digne d'envie.

« D'autres écrivains allemands citent la *Marseillaise*, dans leurs ouvrages de théorie musicale, comme le type par excellence de la marche guerrière. Les artistes se la proposent pour modèle; ils regrettent de n'avoir rien à lui opposer. Le docteur Grosheim (qui écrivait en 1832) s'écrie d'un ton mélancolique : « Sera-t-il dit que nous ne créerons jamais rien de semblable? » Enfin, si quelques-uns prétendent que la muse patriotique française n'a eu dans son élan lyrique qu'une seule inspiration sublime, qu'un seul enfantement glorieux, la *Marseillaise*, ils ajoutent aussitôt : « La lionne n'avait fait qu'un petit, mais ce petit était un lion. (*Die Lœvin gebar mer ein Junges, aber es war ein Lœve.*) »

Pardon pour ces dernières syllabes qui paraîtront barbares à l'oreille des patriotes français! Mais n'est-il pas bon toujours de prendre quelque chose à l'ennemi? et puis, dans le cas présent, saurions-nous appuyer de trop bonnes preuves cette enquête tendant à surprendre les Allemands en admiration involontaire pour quelque chose qui vient de nous?

Ce n'est pas que les poëtes et les compositeurs d'outre-Rhin n'aient essayé quelques ripostes vigoureuses à notre *Marseillaise* Pendant les guerres du premier Empire, Weber, préludant au *Freischutz*, se signala par divers chants où nous étions fort maltraités. *Le Hurrah des chasseurs de Lutzow*, dont les paroles étaient de l'adjudant Kœrner, est resté le plus populaire de ces lieders haineux.

Dans tous les cas, il semblerait de bonne guerre de

3

s'emparer de la musique de Weber, qui n'est point à dédaigner, puis d'y adapter des paroles à notre usage.

Fait-on autre chose sur le champ de bataille lorsque l'on prend un canon tout chargé et qu'on le retourne contre l'ennemi ?

꽍

15 août.

Voici (d'après les affiches) les noms des artistes lyriques qui ont chanté la *Marseillaise* depuis qu'elle est *autorisée* :

A l'Opéra, — Mme Sass (avec un manteau semé d'abeilles impériales), Mlle Hisson, M. Faure, M. Caron. Il est à noter que toutes les fois que la *Marseillaise* est dite pendant un des entr'actes de la *Muette*, M. Auber et Mme Scribe abandonnent leurs droits d'auteur à la souscription en faveur des blessés (le 20 juillet la recette a été de 14,000 fr. avec la *Muette* et la *Marseillaise*) ;

A l'Opéra-Comique, — Mme Galli-Marié ;

A la Comédie-Française, — Mlle Agar ;

Au Vaudeville, — Mme Marie Laurent ;

Aux Variétés, — Mlle Claudia ;

A la Gaîté, — Mlle Thérésa (dans le costume des dames de la halle en 1792), M. Soto, M. Matt ;

Au Châtelet (exploité par la troupe de l'Alhambra de Londres), M. Rives ;

Au Gymnase, c'est la musique d'un régiment de ligne qui faisait entendre le chant national dans un à-propos patriotique intitulé *Après la guerre !*

ༀ

LE RHIN ALLEMAND.

16 août.

Vers 1839, le poëte allemand Becker, tirant sa bonne plume d'oie, partit en guerre sur un morceau de papier et entreprit de venger la défaite de Iéna en rimant une chanson.

La chanson devint populaire là-bas, parce qu'il y était dit des insolences au peuple français. Pourtant, elle provoqua une magnifique et fière réponse. Alfred de Musset, se trouvant un soir chez Mme de Girardin, improvisa les strophes que l'on connaît et qui respirent la plus généreuse, la plus patriotique indignation :

> Un couplet qu'on s'en va chantant
> Efface-t-il la trace altière
> Du pied de nos chevaux marqué dans votre sang.

En ce temps-là, un jeune compositeur, à peu près ignoré, s'empara des vers de Musset et en fit jaillir une mélodie colorée, chaude, pleine d'enthousiasme, un air belliqueux admirablement fait pour marquer le pas à nos soldats enjambant *allegro* la frontière !

Le compositeur s'appelait Félicien David. Il devait devenir célèbre quatre ans plus tard par son incomparable ode-symphonie du *Désert*. Mais alors il vivait obscurément dans une petite chambre du quai d'Anjou, à l'île Saint-Louis.

Le *Rhin allemand*, paroles d'Alfred de Musset, musique de Félicien David, parut dans l'*Almanach prophétique*, pour voix seule. Il ne fut remarqué que de quelques amateurs et n'eut point de retentissement, parce que les circonstances ne s'y prêtaient pas.

Aujourd'hui, le *Rhin allemand* emprunte aux événements la popularité dont il jouit. Les journaux l'ont donné par millions d'exemplaires ; on l'entend partout. Ce matin un bataillon de mobiles bretons le chantait sur le boulevard. Il a été dit à l'Opéra-Comique par le ténor Achard, et, à cette occasion, M. Félicien David en a orchestré l'accompagnement pour la première fois.

◯

Une autre version musicale du *Rhin allemand* est signée de M. Delioux, l'habile pianiste. La mélodie n'en est point sans mérite, mais elle réclame un chanteur exercé; c'est de la musique pour le théâtre, et non de la musique à faire chanter dehors par une grande foule.

M. Faure interprète à l'Opéra le *Rhin allemand* de M. Delioux.

Ce n'est rien exagérer que de dire que depuis la déclaration de la guerre quarante compositeurs ont mis en musique les strophes de Musset. Je prendrai note de leurs noms plus tard quand la liste en sera complète.

⚭

LES GIRONDINS.

18 août.

En 1847, Alexandre Dumas et M. Auguste Maquet firent jouer leur drame *le Chevalier de Maisonrouge* au Théâtre-Historique du boulevard du Temple. L'action se passait au temps de la Terreur, et à l'un des actes de la pièce le public assistait au banquet d'adieu des Girondins, attendant l'heure de la mort.

Pour rester dans la vérité historique, il eût fallu que les condamnés chantassent la *Marseillaise*; la censure

3.

s'y opposa. Les auteurs durent alors recourir à un expédient en composant des strophes inédites, auxquelles cependant ils donnèrent un refrain emprunté à Rouget de Lisle :

Mourir pour la patrie
C'est le sort le plus beau, le plus digne d'envie.

Ce distique, en effet, termine tous les couplets de *Roland à Roncevaux* et du *Vengeur*, deux fières chansons de guerre que l'on trouve dans le volume des *Essais en prose et en vers*.

M. Varney mit assez heureusement en musique les vers d'Alexandre Dumas et de M. Maquet; il était alors chef d'orchestre du Théâtre-Historique. Plus tard il a dirigé celui des Bouffes-Parisiens. (On a de lui trois opéras-comiques : *le Moulin joli*, *l'Opéra au camp* et *la Polka des sabots*.)

La révolution de 1848 a eu pour chanson favorite les *Girondins*, comme celle de 1830 avait eu la *Parisienne*.

Je ne jurerais pas que l'autorité actuelle ait permis *les Girondins*, et cependant on les chante à tue-tête dans les rues. Mais il faut bien dire que le gouvernement se trouve très-désemparé au milieu d'une population qui ne lui est pas sympathique et ayant à faire face à un ennemi envahissant dont il semblait ignorer la force lorsqu'il lui a déclaré la guerre.

UNE REPRÉSENTATION A L'OPÉRA-COMIQUE.

19 août.

L'autre soir j'ai assisté à une représentation à l'Opéra-Comique.

La pièce, donnée pour la première fois le 26 juillet, a nom germaniquement *le Kobold*, et c'est bien par le plus imprévu des hasards qu'on la répétait au moment où nous avons entamé la guerre avec l'Allemagne.

Le Kobold..., ces syllabes sauvages ont quelque peine à pénétrer dans des oreilles gauloises. Il faut, pour ainsi dire, les y pousser doucement, de peur d'érafler la peau. En vain l'on prétendrait que le mot est usité des deux côtés du Rhin et que nos braves compatriotes les Alsaciens l'emploient couramment : je lui trouve, malgré tout, je ne sais quelle sonorité brutale qui sent son Badois à une portée de mitrailleuse. (*Kobold* signifie *lutin*.)

Après tout, le malheur ne serait pas grand si la pièce et la partition rachetaient à coups de génie le désavantage d'un titre si cacophonique ; mais le livret est anodin et la musique sans grande invention ni grand charme.

Le spectacle avait commencé par la *Fille du Régiment*, l'opéra le plus chauvin du répertoire. Il s'est terminé par un à-propos patriotique composé du *Rhin allemand* de M. Félicien David, chanté par Achard, habillé en chasseur à pied, et de la *Marseillaise*, débitée par Mme Galli-Marié, costumée en femme grecque (?), tenant dans sa main un drapeau tricolore.

Le public, ainsi qu'il le fait dans tous les théâtres, a écouté ces hymnes debout, ce qui est l'attitude du peuple anglais quand il entend le *God save the Queen*.

OIGOIGOIGOIGOIG

3 septembre.

Plus de musique !... Une nouvelle incroyable, mais vraie, se répand dans Paris : Napoléon III et le gros de l'armée française ont été bloqués et faits prisonniers à Sedan..... Ce qui nous reste de soldats un peu organisés et équipés s'est réfugié à Metz, investie par l'ennemi..... Il doit y avoir séance cette nuit au Corps législatif.... Une foule plus anxieuse qu'hostile, et cependant haineuse de l'Empire, se porte vers onze heures du soir sur la place de la Concorde.... Pas de cris ! mais des conversations à voix basse entre gens qui ne se connaissent pas, et qu'un commun sentiment rapproche.... Le mot « déchéance » est dans toutes les bouches.... A l'heure où nous regagnons notre domicile, Paris a la fièvre ! plus que la fièvre !.... Aussi serait-il impertinent à nous de continuer ce soir à prendre des notes sur les événements. La fatigue morale poussée au degré où elle nous accable nous était inconnue ; et il y a vraiment des moments où une plume pèse plus qu'un fusil. Une plume, c'est 100 kilos dans les doigts quand il faut, au milieu d'émotions diverses et si vives, la contraindre à mettre des mots en bon ordre de bataille. Voilà dix feuilles de papier que nous tachons d'encre, sans obtenir un bout de phrase qui soit présentable.... Attendons à demain !

❀

4 septembre.

Vers une heure de l'après-midi, la garde nationale envahit sans fracas le palais du Corps législatif..... Les députés de Paris se portent à l'Hôtel-de-ville et constituent le « gouvernement de la Défense nationale » sous la forme républicaine. Le général Trochu en accepte la présidence. Les bataillons de la garde nationale qui ont contribué à la dissolution du Corps législatif défilent sur les boulevards au cri de « Vive la République ! » Vers la rue des Capucines, ils font la rencontre d'un détachement de ligne..... Les deux troupes se portent les armes, et les officiers se saluent. (J'étais présent à cette scène caractéristique.) Une révolution s'est donc accomplie aujourd'hui ; et jusqu'à présent elle n'a, Dieu merci, pas coûté une goutte de sang. Il paraît cependant qu'on a cassé un carreau de vitre au Corps législatif.

❀❀❀❀❀

PLUS DE MUSIQUE!

10 septembre.

Les chants ont cessé depuis que l'horrible nouvelle nous est venue de Sedan !...

Un arrêté de ce matin et signé de M. de Kératry, préfet de police, rend obligatoire la fermeture des théâtres, qui jusqu'à aujourd'hui n'était que bénévole.

Nous regrettons pour notre part qu'on n'ait pu trouver une combinaison qui permît d'utiliser, au profit de la grande cause nationale, tout ce qu'il y a de forces cachées sous les sept notes de la gamme. (Mais cette combinaison, vous verrez qu'on la trouvera.)

C'est, il est vrai, un préjugé tenace chez nous que celui qui consiste à croire que la musique n'exprime que des sentiments joyeux. Voyez, par exemple, si l'on permet à une personne en deuil d'ouvrir son piano, fût-ce pour y trouver un écho à sa douleur en jouant une marche funèbre. Les mœurs sont ainsi faites, et vous n'y pourrez rien.

Cependant, à l'heure où nous écrivons, la France fait d'héroïques efforts; elle secoue le chagrin où l'avait jetée l'insuccès de Mac-Mahon, et, en dépit du désastre de Sedan, elle relève la tête avec fierté.

D'autre part on crie : « Aux armes! » Or, croyez que ces paroles, si françaises au temps présent, ont trouvé depuis longtemps leur musicien. Le répertoire tragique de l'Opéra en peut fournir de nombreux exemples.

Je n'exigerais pas de grands efforts de l'Opéra-Comique, dont les chansons ne seraient pas de mise aujourd'hui. Mais j'aurais compris que l'Opéra composât un spectacle patriotique en harmonie avec les graves sentiments du moment.

C'est, en effet, quelque chose qui élève l'âme que le

trio et le finale du second acte de *Guillaume Tell*. Le troisième acte de *la Muette*, le final de *Roland à Ronce-vaux*, sont bien faits aussi pour exciter nos ardeurs guerrières. Ces scènes seraient aujourd'hui écoutées avec une sorte de religiosité, et l'effet en serait d'une intensité inconnue.

Je vous le dis, en vérité, la musique a une éloquence qui lui est propre ; elle touche un coin de l'âme humaine où la simple parole n'atteint jamais.

L'art musical est aussi de tous les arts le plus démocratique, et dans la meilleure acception du mot, car il n'en est point dont les manifestations puissent, à son égal, frapper instantanément une grande foule.

J'adjure donc notre jeune République de songer à utiliser la musique comme un excitant moral d'une puissance particulière. Son aînée de 1792 n'avait point dédaigné un tel secours. Il serait même aisé d'établir, pièces en mains, que de tous nos gouvernements ce fut celui-là qui se montra le plus dilettante.

❦

C'est ici le lieu de dresser le catalogue des scènes et pièces diverses de circonstance jouées à l'Opéra sous la première République :

2 octobre 1792, *L'Offrande à la liberté* (Gardel, Gossec, Rouget de Lisle).

27 janvier 1793, *le Triomphe de la République* ou *le Camp de Grandpré* (M. J. Chénier, Gossec).

3 février 1793.—*L'Apothéose de Beaurepaire* ou *la Patrie reconnaissante* (Lebœuf, Candeille).

2 juin 1793.—*Le Siége de Thionville* (Saunier, Duthil, Jadin).

26 octobre 1793. — *La Montagne* ou *la Fondation du Temple de la liberté* (Desriaux, Fontenelle).

5 janvier 1794, *Toute la Grèce* ou *Ce que peut la liberté* (Beffroy de Reigny, Lemoine).

4 mars 1794.—*Toulon soumis* (Fabre d'Olivet, Rochefort).

5 avril 1794.—*La Réunion du 10 août* ou *l'Inauguration de la République française* (Moline, Bouquier, Porta).

2 septembre 1794. — *La Rosière républicaine* (Sylvain Maréchal, Grétry).

10 août 1795. — *La Journée du 10 août* (Saulnier, Darieux, R. Kreutzer).

4 septembre 1798. — *Les Français en Angleterre* (Saulnier, Chr. Kalkbrenner).

Je ne donne point ces élucubrations, nées dans la colère, comme étant toutes des modèles de grâce et d'atticisme, ni comme inspirées par les sentiments les mieux raisonnés. Je les cite, et voilà tout.

Le *Siége de Thionville* fut le grand succès du moment. (Soit dit en passant, il pourrait être représenté aujourd'hui avec beaucoup d'à-propos)

En voici l'analyse, d'après M. Jauffret : « Merlin, citoyen de Thionville, craint d'être trahi ; le maire et le

commandant Wimpfen voudraient éloigner ces soup-
çons, quoiqu'ils ne soient pas eux-mêmes, le dernier
surtout, sans inquiétudes à cet égard. Wimpfen attribue
à la trahison l'inaction de Luckner. La ville est complé-
tement investie; elle ne reçoit ni secours ni nouvelles.
Trois messagers ont été envoyés; mais, ainsi que la
colombe de l'arche, ils ne reviennent pas. Grande ru-
meur cependant! Les voici, ce sont eux; ils sont porteurs
des décrets de l'Assemblée :

> Nous n'avons plus de rois, la France est République;
> Le sceptre est brisé pour jamais! »

Cette pièce de circonstance était fort goûtée aussi de
l'autorité.

Un décret du 19 juin 1793 arrête :

« Le *Siége de Thionville* sera représenté gratis et uni-
quement pour l'amusement du peuple. »

Mais, le 7 juillet suivant (nous apprend Castil-Blaze),
« on ne put pas exécuter le *Siége de Thionville*, dont
l'affiche annonçait la représentation. Les gendarmes qui
figuraient en costume, avec armes et bagages, dans
cette pièce, étaient partis le matin pour aller tirer à balles
sur de vrais Autrichiens. »

Et c'est dans la salle de la rue de Richelieu que
la plupart des opéras révolutionnaires furent donnés.
En 1792, les sieurs Francœur et Cellerier avaient été
mis en possession du terrain des écuries des Tuileries
« pour y construire une nouvelle salle d'opéra et d'autres bâtiments de spéculation. » Mais ce projet fut aban-

4

donné, et l'Opéra, qui donnait alors ses représentations au théâtre de la Porte-Saint-Martin, se transporta rue de la Loi, ci-devant de Richelieu, dans la salle construite par Mlle Montansier. Cette salle, chef-d'œuvre de l'architecte Victor Louis, occupait l'emplacement du square Louvois. Après l'assassinat du duc de Berry elle a été démolie, ou plutôt démontée, puis reconstruite rue Le Peletier, où nous la voyons aujourd'hui.

※

11 septembre.

Et puis, encore dans ces temps-là, non moins troublés que les nôtres, on composait à tout propos des hymnes, des cantates, des chansons, dont plusieurs prenaient un caractère officiel après décret de la Convention.

C'étaient :

Le *Chant républicain du 10 août*, musique de Chérubini;

L'*Hymne de la Liberté*, de Langlé;

Un autre *Hymne à la Liberté*, de Rigel père;

L'*Hymne du 10 août*, de Catel;

L'*Hymne à la Fraternité*, de Chérubini;

L'*Hymne à l'Égalité*, de Catel;

Le *Chant du* 1er *vendémiaire*, de Martini ;

Le *Cri de la patrie contre les Jacobins*, de Méhul ;

L'*Arbre de la Liberté*, de Grétry ;

Le *Chant du* 9 *thermidor*, de Lesueur;

L'*Hymne sans-culottide en l'honneur de l'Être suprême*;

Stances contre l'Athéisme;

L'*Anti-fédéraliste*;

Le *Salpêtre républicain*;

Les *Saints convertis en monnaie*;

Etc. . . . .

On avait alors un goût passionné pour la musique, et le gouvernement avait commandé des hymnes destinées à célébrer la *fête de la Jeunesse*, celle *des Époux*, celle *de l'Agriculture*, celle *de la Vieillesse*, celle *de la Naissance*, celle *de la Mort*, etc... Chérubini, Lesueur, Méhul, Gossec, Jadin, Piccini, tous les compositeurs alors le plus en vue avaient accepté la commande officielle.

⚮

12 septembre.

Il faut compter aussi que l'Opéra ne devait pas s'en tenir à son service ordinaire; il lui fallait encore figurer en costume aux fêtes nationales qui se célébraient dans la rue. (Singulier temps! singulières mœurs!) C'est ainsi que chanteurs, chanteuses, danseurs, danseuses, en accoutrements mythologiques, exécutèrent, le 27 octobre 1793, sur le boulevard Saint-Martin, une pantomime mêlée d'hymnes que l'on convint d'appeler *l'Apothéose de Marat et de Lepelletier.*

Le 10 décembre de la même année fut donnée, en l'église Notre-Dame et par les mêmes comparses, la *Fête de la Raison et de la Liberté.* Le succès en fut si grand, la femme du libraire Momoro fut trouvée si belle dans le personnage de la déesse Raison, que la Convention décréta un *bis* pour toute la cérémonie, qui fut recommencée le lendemain.

L'Opéra concourut encore à la *Fête de l'Être suprême,* en exécutant des danses le long des rues de Paris, ce qui était une tentative de restauration de l'ancien ballet ambulatoire. Le programme de cette solennité avait été, sur la demande de Robespierre, rédigé (dans le plus pur style de M. Prudhomme) par le peintre David et mis à exécution le 2 prairial an II.

⊃⊄⊂

Voici quelques fragments de cette pièce infiniment curieuse et qui caractérise si bien les mœurs et le langage du temps:

« L'aurore annonce à peine le jour, et déjà les sons

d'une musique guerrière retentissent de toutes parts et
font succéder au calme du sommeil un réveil enchan-
teur.

« A l'aspect de l'astre bienfaisant qui vivifie et colore
la nature, amis, frères, enfants, époux, vieillards et
mères, s'embrassent et s'empressent à l'envi d'orner et
de célébrer la fête de la Divinité.

« L'on voit aussitôt les banderoles tricolores flotter à
l'extérieur des maisons ; les portiques se décorent de
festons de verdure ; la chaste épouse pare de fleurs la
chevelure flottante de sa fille chérie ; le fils au bras vi-
goureux se saisit de ses armes : il ne veut recevoir le
baudrier que des mains de son père ; le vieillard souriant
de plaisir, les yeux mouillés des larmes de la joie, sent
rajeunir son âme et son courage en présentant l'épée aux
défenseurs de la liberté.

« Cependant l'airain tonne ; à l'instant les habitations
sont désertes ; elles sont sous la sauvegarde des lois et
des vertus républicaines. Le peuple remplit les rues et
les places publiques ; la joie et la fraternité l'enflamment.
Ces groupes divers, parés des fleurs du printemps, sont
un parterre animé dont les parfums disposent les âmes à
cette scène touchante.

« Le tambour roule... Tout est prêt pour le départ...
Une salve d'artillerie annonce le moment désiré... La
Convention nationale, précédée d'une musique éclatante,
se montre au peuple. Le président fait sentir les motifs
qui ont déterminé cette fête solennelle ; il invite le peuple
à honorer l'Auteur de la nature.

4.

« Il dit : le peuple fait retentir les airs de ses cris d'allégresse.

« Tel se fait entendre le bruit des vagues d'une mer agitée que les vents du midi soulèvent et prolongent en échos dans les forêts lointaines.

« Au bas d'un amphithéâtre s'élève un monument où sont réunis tous les ennemis de la félicité publique : le monstre désolant de l'Athéisme y domine, il est soutenu par l'Ambition, l'Égoïsme, la Discorde et la fausse Simplicité, qui, à travers les haillons de la misère, laisse entrevoir les haillons dont se parent les esclaves de la royauté.

« Sur le front de ces figures on lit ces mots : *Seul espoir de l'étranger.*

« Il va lui être ravi : le président s'approche tenant dans ses mains un flambeau; le groupe s'embrase; il rentre dans le néant avec la même rapidité que les conspirateurs qu'a frappés le glaive de la loi.

« Du milieu de ces débris s'élève la Sagesse au front calme et serein.....»

(J'abrége..... La foule se met en marche au son de la musique et se rend au Champ de Mars. Là, sur un tertre couronné de l'arbre de la liberté, se groupent les membres de la Convention. Ils portent à la main des bouquets d'épis de blé.)

Puis, après diverses cérémonies allégoriques :

« Une décharge formidable d'artillerie, interprète de la vengeance nationale, enflamme le courage de nos républicains; elle leur annonce que le jour de gloire est arrivé. Un chant mâle et guerrier, avant-coureur de la victoire, répond au bruit du canon. Tous les Français confondent leurs sentiments dans un embrassement fraternel ; ils n'ont qu'une voix, dont le cri général : Vive la République ! monte vers la Divinité. »

Tout cela n'est point d'un méchant homme assurément. Mais, encore une fois, à notre air froid et positif on ne se douterait guère que nous sommes les petits-fils de gens si épris de spectacle. Essayez de recommencer pareille fête au milieu du Paris de 1870 : si c'est la saison des pommes cuites, vous verrez qu'il en pleuvra sur le cortége.

Ce qui n'empêche pas que les Parisiens d'aujourd'hui, pour être moins enclins aux mascarades allégoriques, valent les Parisiens de tous les temps.

13 septembre.

Je suis monté aujourd'hui sur la butte Montmartre, et j'y ai pris quelques notes : Grande foule au Moulin de la Galette. On regarde une escouade de marins en train de placer de formidables canons en batterie..... Dans toutes les rues adjacentes, des gardes nationaux font l'exercice..... A tous les carrefours des factionnaires empêchent le public de regarder la plaine Saint-Denis avec des lorgnettes de spectacle (consigne incompréhensible!...)... Le paysage est radieux sous un soleil

exceptionnel, mais il est absolument désert..... Pas un flocon
de fumée au toit des maisons ! Pas un sifflet de locomotive !
La solitude et le silence aussi loin que l'œil et l'oreille peuvent
porter !.... On attend les premiers uhlans, estafettes de malheur ! les uhlans qui sont des espions en uniforme, et les premiers dont la Prusse veuille faire l'aveu..... Ainsi c'est à
Montmoréncy, à Saint-Germain, à Meudon, à Sceaux, c'est
dans ces campagnes si françaises que vont mugir les féroces
soldats de Guillaume! Ces jardins seront foulés par leurs
grosses bottes! Ces paysages enchantés vont être regardés par
leurs yeux verts d'émouchets ! Dans ces maisons abandonnées,
on va dire *ia*, qui est la manière la plus sauvage et la plus
lourde de dire oui !.... Mais l'heure de l'expiation sonnera un
jour, même aux pendules qu'ils nous ont volées ; et la Prusse
porte d'avance son deuil sur son drapeau noir et blanc !

19 septembre.

C'est fait! Les Allemands entourent Paris!

Les longs discours ne nous serviraient de rien pour
exprimer le chagrin et la rage que nous ressentons de ce
qui se passe. Par contre, nous écouterions aussi longtemps qu'il voudrait parler l'insolent qui entreprendrait
de démontrer que Paris a mérité l'affront qui lui est fait.
Ce serait une curieuse conférence!... Paris qui a déifié
Beethoven, Weber, Mozart ; Paris hospitalier à toutes
les gloires! Paris être assiégé par une armée allemande!

Quand on fera l'histoire musicale de notre temps, il faudra se précautionner de bonnes preuves pour écrire le chapitre de 1870. Encore voudra-t-on croire, au XXᵉ siècle, que des bombes ont été chargées à Berlin pour incendier le Conservatoire où triomphe Beethoven, et l'Opéra où règne le Prussien Meyerbeer?

Et puis voulez-vous me dire, mes chers concitoyens, où nous serons tous et quel sera notre sort quand ces lignes désolées seront imprimées, si elles le sont jamais? Car il n'est pas d'heure que nous traversions qui ne change la face de notre destin!... Si nous n'avions comme tous le ferme espoir que Paris est fort, que Paris est fier de l'esprit patriotique qui l'anime, que Paris tiendra bon devant l'ennemi, ce serait de l'outrecuidance à nous que de nous occuper de dièzes et de bémols en un pareil moment.

Pourtant c'est encore, si petite qu'elle soit, une façon de faire bonne contenance devant les envahisseurs que de parler de flûtes et de violons, quand ils voudraient nous forcer à ne jouer que du tambour! Et cela, comme s'ils étaient loin, ou mieux, comme s'ils n'étaient pas!...

... A l'heure où nous écrivons, on entend distinctement le canon dans la direction de Saint-Denis et de Romainville. Cette musique, bien nouvelle pour nous, et à coup sûr la plus solennelle de toutes, nous plonge dans un monde de réflexions... Eh quoi! ne nous a-t-on pas répété longtemps que la politique n'était pas notre fait, à nous dont le métier est de compter les doubles-croches qui sortent du gosier des cantatrices?

Il y avait même des lois qui nous disaient positivement, sinon en propres termes : « Mêlez-vous de vos affaires, messieurs les croque-notes, et laissez aux hommes d'État le soin de veiller aux grands intérêts de la politique. »

Pourtant il paraît que la politique s'occupe de nous, si nous ne nous occupons pas d'elle : mal conduite, elle peut nous arracher à notre travail paisible, pour nous jeter, novices et avec notre seule bonne volonté, au milieu des fournaises de la guerre ! Un mot dit de travers par un ambassadeur, et voilà les théâtres fermés, toute la vie des arts subitement arrêtée dans un grand et intelligent pays tel que la France !....

Mais retournons à nos pipeaux. Peut-être le papier sur lequel nous écrivons sera-t-il envoyé à l'ennemi sous forme de cartouche ; montrons-lui alors que le trouble où il nous jette ne ressemble en rien à de l'inquiétude.

꒳

SAYNETTES PATRIOTIQUES.

27 septembre.

Tous les théâtres font relâche, en principe ; cependant diverses tentatives ont été faites pour les rouvrir. Quelques représentations décousues ont été données çà et là dans un but de bienfaisance.

On ne peut donc pas dire que les théâtres soient ouverts. Personne non plus n'oserait affirmer qu'ils soient fermés. La vérité est que les portes n'en sont ni ouvertes ni fermées, — ce qui étonnerait bien Alfred de Musset, — et qu'elles sont seulement entre-bâillées.

Je sais que les austères crient au scandale. Quoi ! disent-ils, s'amuser, tandis que la patrie est en danger !...

Mais, Messieurs, il n'a jamais été prouvé qu'on s'amusât au théâtre, ni en temps normal ni aujourd'hui. On s'y distrait tout au plus, et on ne s'y divertit réellement que dans des cas très-rares, que la critique d'ailleurs se fait un devoir de relever.

Or, il est évident que se distraire, c'est faire économie de ses forces en laissant reposer pour un temps ses fibres trop tendues. A la guerre (et nous y sommes !) l'usage a toujours été d'occuper l'esprit du soldat, afin d'en chasser les sombres pensées qui pourraient s'y loger.

Vous vous souvenez qu'au siége de Sébastopol nos zouaves avaient monté un théâtre où ils jouaient les vaudevilles de la patrie absente. Eh bien, je ne vois pas comment ce qui est bon pour des assiégeants ne le serait pas pour des assiégés. D'ailleurs, les Parisiens à qui vous rendriez quelques-unes des joies de leur vieux Paris se sentiraient moins étroitement emprisonnés, et l'on verrait grandir encore en eux cette indomptable patience dont ils font provision pour les jours douloureux qui vont venir.

Ouvrez donc les théâtres; mais, au lieu d'y chanter toutes les choses décousues qui forment ce que j'appellerai votre répertoire de campagne, créez des pièces nouvelles et qui soient empreintes de l'esprit du temps.

Le théâtre a sur la foule une action très-puissante, de telle sorte qu'on peut le faire tourner au profit de nos grandes affaires patriotiques. Oui, le théâtre a une éloquence vive qui est bien à lui; il nous saisit du même coup par les yeux et par les oreilles.

Nous ne demandons point qu'on improvise des opéras en cinq actes pour mettre en action nos victoires futures (et toujours espérées). Mais ne saurait-on pas imaginer des saynettes assaisonnées de musique, où se raconterait d'une façon vivante ce qui se dit tous les jours dans la forme rabâcheuse des articles de journaux et des discours de club? La partie est belle: point de censure, donc toute liberté de parler politique devant les quinquets.

Il y aurait à créer tout un genre de pièces brèves, pas plus compliquées que des croquis d'album, qui sentiraient bien un peu l'improvisation, mais dans lesquelles on trouverait toutes sortes de traits enlevés et frappant juste: de véritables pièces de bivac.

On pourrait, par exemple, mettre en scène la *Marseillaise*. Les choses seraient reprises du commencement. L'action se passerait au mois d'avril 1792, et le rideau se lèverait sur le salon du citoyen Dietrich, maire de Strasbourg.

Pour suivre l'histoire de point en point, le lieutenant

Rouget de Lisle entrerait et chanterait le premier couplet
de la *Marseillaise*, qu'il avait composée pendant la nuit.

Dietrich, ému, saisi, illuminé, arrête le chanteur et,
avant de le laisser continuer, envoie chercher toute sa
famille. Rouget de Lisle reprend alors l'hymne à la première strophe et tous disent le refrain en chœur.

On pourrait convenir qu'à un moment donné les personnages de cette scène historique seraient posés comme
dans le tableau de Pils, que nous connaissons tous et
que la gravure a popularisé. Le tableau fournirait encore
d'excellentes indications au décorateur.

Pourtant, ayant quelque connaissance du théâtre, je
ne m'illusionne pas, et je sais qu'il faudrait apporter un
soin minutieux à la mise en scène de cet à-propos et la
régler comme on fait d'une pièce du Gymnase; sans quoi,
l'effet serait froid.

Pour couper au plus court, les théâtres, à cette
Marseillaise intime et chantée en perruques poudrées,
ont préféré une *Marseillaise* à grand fracas avec déploie-
ment de choristes en pantalon rouge. C'était infiniment
plus facile.

Dans cette donnée, qui n'est pas la bonne, selon
nous, l'Opéra a brillé particulièrement, et il faut lui
tenir compte du luxe imposant qu'il a déployé.

Quant aux autres pièces antiprussiennes, pour la com-
position desquelles nous aurions tant de poëtes de bonne
volonté, savez-vous de quelle musique je les assaison-
nerais ? Je n'irais point chercher le midi à quatorze heures
qui tourmente tant les algébristes de la musique moderne.

Je cueillerais dans les vieux bouquins quelques antiques refrains à l'allure narquoise, un peu hauts en couleur et respirant, pour tout dire, la bonne senteur du terroir gaulois.

Le tout au profit de bonnes œuvres.

1er octobre.

Et comme nous avions développé cette idée dans un journal, deux lettres nous sont venues, lesquelles nous ont ravi, encore que ces morceaux de papier enveloppassent des paquets de récriminations.

Songez donc! en ces temps de rationnement, être sûr d'avoir deux lecteurs, presque un public, et ainsi de ne pas envoyer sa prose aux moineaux! C'est, en effet, un des côtés pénibles du métier d'écrivain que de ne jamais savoir à qui l'on parle, ni même de ne pouvoir affirmer que l'on parle à quelqu'un. Et voyez combien en cela l'acteur est mieux partagé que l'homme de lettres : lui au moins peut compter du regard les spectateurs auxquels il s'adresse.

Mes deux inespérés, inopinés et *chers lecteurs* me reprochent donc d'avoir réclamé la mise à la scène de personnages politiques vivants auxquels on ferait chanter des couplets d'opérette.

Je conviens qu'*en temps ordinaire*, pareille entreprise serait monstrueuse; la pensée n'en viendrait même pas à un vaudevilliste piqué de la tarentule. Mais il ne faut pas oublier que nous sommes dans une situation excessive, exorbitante, hors de proportion avec tout ce qui a été et sera ; qu'ainsi bien des hardiesses nous sont permises, si elles peuvent, pour un instant, tromper notre ennui ; et qu'en fin de compte, le *Manuel du savoir-vivre* ne saurait être la loi de gens qui mourront peut-être demain !

Si donc la personne de nos ennemis peut nous divertir à voir caricaturée sur les planches, qu'on nous la serve, et au gros sel. Nous avons bien, j'imagine, gagné cette pâture. Et quant aux gens casqués de cuir à qui cela pourrait faire du tort, veuillez vous souvenir qu'ils ont de l'avance sur nous et en ont pris à leur aise depuis trois mois.

D'ailleurs, depuis la suppression de la censure, le théâtre jouit des mêmes immunités que la caricature. Les tendances de notre jeune République sont toutes libérales, et en cela elle se montre supérieure à celle de 93, qu'il est aisé de prendre plus d'une fois en flagrant délit de tyrannie.

Et puis, encore une fois, rire de l'ennemi est de bonne guerre ; cela le diminue en mettant à néant ce qu'il y a de farouche dans les airs qu'il se donne.

ABOLITION DE LA CENSURE.

7 octobre.

La censure théâtrale vient d'être abolie. Ce n'est pas sans joie que nous en avons appris la nouvelle, car cette institution, timorée et taquine au premier chef, a parfois cherché des chicanes d'Allemand à nos théâtres lyriques.

Pour donner une idée de ses sévérités exorbitantes, je rappellerai qu'il y a dix ans on cita comme une faveur singulière, inespérée, improbable, la permission qu'elle accorda à M. Limnander d'introduire quatre mesures du *Chant du départ* dans son opéra d'*Yvone*. Il est vrai que le sujet de la pièce était tiré de l'histoire des guerres de la Révolution. Pourtant ces quatre mesures, prudemment confiées aux cordes les plus sourdes de la contrebasse, furent considérées comme téméraires en plein règne de Napoléon III et de sa fidèle censure.

Si nous voulions faire l'histoire de la censure, il nous faudrait remonter à Charles VI, qui en fut l'inventeur (en punition de quoi il devait mourir fou). Ce fut ce roi idiot qui, le 4 décembre 1402, octroya aux frères de la Passion le premier privilége de théâtre dont les historiens fassent mention. (Or, privilége et censure tiennent de près l'un à l'autre; pour mieux dire, c'est tout un.)

« Donnons et octroyons, — dit cette pièce curieuse,— auctorité, congié et licence de faire et jouer quelque misterre que ce soit, soit ladicte Passion et Resurrection, toutes et quantes fois qu'il leur plaira... *présents à ce, trois, deux, ou l'un d'eulx qu'ils vouldront eslire de nos officiers*, sans pour ce commettre aulcune offense envers nous et justice. »

Ces officiers n'étaient autres que des censeurs jouant à peu près le rôle des commissaires de police.

Pourtant de nouvelles troupes de comédiens se recrutèrent bientôt parmi les clercs de la Basoche, dont la belle humeur éclata sous la forme satirique de *soties*, de *farces* et de *moralités*. Or, ces parades audacieuses firent pleuvoir leurs traits sur les puissants de l'époque, sans même épargner les proches du roi. Mais ce jeu était dangereux, et les clercs de la basoche, qui s'accordaient l'épithète de *joyeux*, eurent souvent à rabattre de leurs joyeusetés, car plusieurs furent pendus.

Eh bien! il paraît que la gaieté française est quelque chose de si volatil, qu'il n'est ni législateur, ni censeur, ni bourreau qui la puisse contenir. Les épigrammes continuèrent à griffer de droite et de gauche tous les personnages dont l'orgueil rend l'épiderme chatouilleux; et je m'imagine que c'est à partir de ce moment que le théâtre commença à être suspect aux gouvernants.

Cette petite guerre se prolongea avec des chances diverses sous les règnes de Charles VII et de Louis XI.

Enfin Charles VIII inventa un moyen de répression auquel ses prédécesseurs avaient certainement songé au fond de leur cœur; ce moyen, aussi simple que brutal, était la suppression de plusieurs théâtres.

5.

Il est vrai que Louis XII, si soigneux de sa popularité, revint sur ces mesures tyranniques et accorda de grandes libertés aux théâtres. Si l'on veut bien considérer ce qu'était alors la société française et l'idée qu'on s'y faisait de l'autorité royale, on jugera du libéralisme de Louis XII sur ce passage que nous extrayons de Brantôme :

« Étant rapporté un jour au Roy que les clercs de la Basoche, et les écoliers aussi, avaient joué des jeux où ils parlaient de lui et de sa cour et de tous les grands, il n'en fit autre semblant, sinon de dire qu'il fallait qu'ils passassent leur risée et qu'il permettait qu'ils parlassent de lui et de sa cour, mais non pourtant du règlement, et surtout qu'ils ne parlassent de la reine sa femme en faux quelconque, autrement qu'il les ferait tous pendre. »

Il faut avouer que cette dernière disposition manquait d'aménité. Mais aussi quel grand besoin pouvait-on avoir de houspiller Mme la Reine quand on avait à se mettre sous la dent le roi, sa cour et tout le royaume ! La pâture était assez copieuse ; dans la suite, il y a même eu des temps où l'on a su se contenter d'un plus maigre régal.

François Ier, en 1538, rétablit la censure dans toute sa rigueur ; et, quelques années plus tard, cette censure, qui ne portait que sur les manques de respect à la majesté royale, s'étendit aux sujets religieux, lesquels furent interdits.

Qui le croirait? ce fut Henri IV qui porta les coups les plus terribles à la liberté du théâtre. La censure, qui

avant lui n'était que répressive, il la rendit préventive.
Dans l'ordonnance qu'il édicta en 1609, il est dit :
« Défendons aux comédiens de représenter aucunes
comédies *qu'ils ne les ayent communiquées au procureur
royal*, et que leur rôle au registre soit de nous signé. »

Telles étaient les volontés d'un roi que la légende
nous montre cependant d'une humeur plus accommo-
dante. Son fils Louis XIII rétrécit encore le cercle d'action des théâtres.

Louis XIV fait et défait les directeurs suivant « son
bon plaisir »; il monopolise l'Opéra ainsi que toute musique théâtrale dans les mains de Lulli.

Le plaisir d'un monarque qui a passé pour avoir pro-
tégé les arts était donc d'entraver leur essor pour le plus
grand profit d'un courtisan. Lulli fit, en effet, de l'Opéra
une sorte de seigneurie qu'il gouverna le plus despoti-
quement qu'il put, car on sent bien qu'au temps où le
roi étant enrhumé il devenait de mode de tousser, rien
n'était mieux venu et de si bon goût que de copier le
maître en toutes choses.

La tyrannie de Lulli s'étendit bientôt aux petits théâtres des foires Saint-Laurent et Saint-Germain (lesquelles
se tenaient sur les emplacements actuels de la gare de
l'Est et du marché Saint-Germain). C'étaient de chétives
baraques où la plaisanterie française, mêlée d'un peu de
musique, avait élu domicile en attendant que la création
définitive de l'Opéra-Comique en régularisât le débit.
L'Italien Lulli en conçut beaucoup de jalousie et obtint
par son crédit que les forains s'abstiendraient de chanter.

Il est vrai que dans sa toute-puissance il daigna leur permettre un orchestre composé de quatre violons et d'un hautbois.

Mais voici bien un autre embarras : la Comédie-Française s'offusque de ce qu'ailleurs que chez elle on s'avise de jouer des farces pouvant faire concurrence à celles de son répertoire. Elle obtint donc que les forains, déjà réduits à ne point chanter, seraient condamnés à ne point parler.

Il ne leur restait plus que les gestes. Alors ils jouèrent la pantomime, et pour en sauver la monotonie ils imaginèrent de faire descendre des frises du théâtre, et aux moments voulus, des écriteaux sur lesquels se lisaient des couplets. Ces couplets, toujours sur des airs connus, étaient entonnés par le public, et ainsi se trouvait éludée la terrible loi de silence imposée par monseigneur Lulli.

C'était, comme on le voit, le régime féodal appliqué aux théâtres ; c'était une guerre déclarée entre suzerains et vassaux et dans laquelle l'autorité royale, complice des forts, accablait les faibles, en usant contre eux de toute la brutalité de sa police.

Ainsi, pour ne citer qu'un exemple, on vit, en un mauvais jour de l'année 1718, le ministre d'Argenson envoyer une escouade de gens armés chasser les comédiens de la foire et briser leur matériel.

Cependant, quelques années plus tard, — et c'est peut-être le but qu'on se proposait, — les pauvres forains, battus, ruinés, anéantis, vinrent implorer M. le directeur de l'Opéra, le priant très-humblement de vouloir bien leur bailler licence de reprendre leurs exercices moyennant une redevance annuelle de 35,000 livres.

Le marché fut conclu, et ce jour-là même fut inaugurée la législation des redevances.

❦

Voici, d'après un document du siècle dernier, l'état des redevances dues à monseigneur l'Opéra par ses tenanciers de la foire :

Le sieur Nicoud, pour avoir le droit de faire voir son singe, — 6 livres par an ;

La machine hydraulique, — 2 sous par jour ;

Le sieur Marigny, pour faire voir ses nains, — 2 sous par jour ;

Le sieur Second, pour ses marionnettes, — 4 sous par jour ;

Le sieur Messuib, pour ses géants, — 6 liards par jour ;

Le sieur Devain, pour son cabinet de magots, — 2 sous par jour ;

L'homme ventriloque, — 24 livres par an ;

Les ombres chinoises, — 120 livres ;

Le sieur Zaller, pour son optique, — 180 livres ;

Le sieur Préjean, pour ses puces savantes — 180 livres.

Le sieur Curtius, pour ses figures de cire, — 150 livres;

Le sieur Albini, pour son crocodile vivant, — 12 livres;

Joute à la Rapée, — chaque représentation, 36 livres;

Joute au Gros-Caillou, — *idem*.

Etc. . . . .

Voilà qui est bien misérable! Mais à cette pièce s'en joint une autre non moins curieuse. Il paraît que quatre entrepreneurs de petits théâtres s'étaient permis de réclamer contre les vexations qu'ils subissaient. M. le surintendant des spectacles s'indigne de tant d'audace et il en écrit une lettre sévère à M. le lieutenant de police :

« ... Leurs réclamations, dit-il, sont d'autant plus fortes que ces quatre directeurs ont dérogé aux permissions accordées en faisant construire des salles beaucoup plus grandes que celles qu'ils avaient d'abord. » — Et pour ce crime épouvantable, condamnation dont la teneur suit : « Le sieur Sallé ne pourra avoir, comme anciennement, que des marionnettes et quelques acteurs *derrière une toile.* — Le sieur Aubry ne pourra avoir qu'un jeu de marionnettes, auquel il pourra ajouter quelques tours de gobelet. — Le sieur Clément de l'Ornaison ne pourra faire *chanter* sur son théâtre *aucun personnage*; ils n'y feront qu'un jeu pantomime, tandis que *d'autres acteurs* chanteront et parleront *dans les coulisses,* et il sera assujetti à avoir sur son avant-scène un *rideau de gaze* entre les spectateurs et les acteurs... »

Nos mœurs aujourd'hui sont plus douces!

❀

11 octobre.

Ce n'est qu'en 1791 que Louis XVI, par un décret libéral, fit table rase des abus législatifs et policiers qui engourdissaient l'art théâtral. Mais il est équitable de reconnaître que sur ce terrain, comme sur celui de la politique, la Révolution avait été précédée de quelques réformes partielles.

Ce n'est pas que les puissants de cette époque se prêtassent de très-bonne grâce à recrépir le vieil édifice social qui menaçait ruine. Mais, et pour continuer la métaphore, les locataires demandaient des réparations au propriétaire, qui était bien obligé parfois d'écouter les justes récriminations dont il était assourdi.

Ainsi en ces temps reculés régnait sur la musique instrumentale un petit despote qui s'intitulait *le Roi des violons*. « Le roi des violons, dit M. Fétis, n'était pas, comme on pourrait le croire, celui qui jouait le mieux de son instrument, mais un *maître de danse* qui exerçait en France une juridiction bizarre sur tous les maîtres de danse et même sur tous les musiciens du royaume, et qui les obligeait à lui payer une certaine somme *pour avoir le droit de faire usage de leurs talents.* »

Cette espèce de potentat minuscule tenait ses droits

d'un acte de la « confrérie des ménétriers », enregistré au Châtelet en 1331.

Pas une note ne sortait d'un clavecin, d'une viole, d'une flûte, ou même d'un orgue d'église, sans qu'il ne touchât un droit dont la quotité était variable suivant les temps et les circonstances.

Les lieutenants qu'il entretenait dans les provinces veillaient à la rentrée de ses impôts, et traînaient devant le parlement les délinquants, qui pouvaient s'entendre condamner à l'amende et même à des peines corporelles.

Les musiciens de la chambre du roi n'échappaient même pas à cette juridiction oppressive. Bien plus (et ceci est tout à fait comique), Castil-Blaze raconte que « des organistes prêtres, des chanoines violoncellistes, furent sommés de prendre un brevet de *maître à danser* pour qu'il leur fût permis d'accompagner le plain-chant ou la musique dans les églises. »

Il y eut toute une dynastie de rois des violons. Le dernier s'appelait Guignon. Son règne a fini en 1773, l'année où, dégoûté d'un pouvoir qu'il ne maintenait qu'à grand'peine, il se détermina à abdiquer. Une ordonnance parut aussitôt qui abolissait pour toujours cette royauté dérisoire, et à partir de ce moment fut fondée ce qu'on pourrait appeler la république des virtuoses.

Pourtant cette liberté subitement donnée aux musiciens ne leur profita guère dans le principe ; car les théâtres, moins heureux, continuèrent à supporter la tutelle royale, qui devenait de plus en plus lourde. Non-seulement il ne s'ouvrit pas de nouvelles scènes où une jeunesse ardente serait venue se révéler en posant les jalons de l'art à venir, mais les vieux temples dramatiques, asiles de la routine, n'étaient plus que des dortoirs où le public allait se faire bercer au son d'ariettes surannées.

L'arrivée de Gluck à Paris, en 1774, et sa rivalité avec Piccini, ramenèrent, il est vrai, la foule à l'Opéra. Mais cet élan, provenant d'une cause toute fortuite, ne fut que passager ; et certains critiques y ont vu plus d'amour pour la discussion que de dilettantisme sincère : car le moyen d'aimer vraiment un art, quand cet art n'a qu'une manière de se manifester ! Les physiologistes reconnaissent qu'on perd vite l'appétit à ne manger que d'un plat.

Le 13 janvier 1791 parut donc le mémorable décret par lequel fut fondée la liberté des théâtres. Or il faut croire que la nation possédait à l'état latent un goût singulièrement effréné pour les spectacles, car on vit aussitôt s'ouvrir *soixante-trois* théâtres dans Paris (qui alors ne renfermait guère plus de 600,000 habitants) ; sur ce nombre on en compta jusqu'à dix-sept jouant l'Opéra. C'étaient :

L'Opéra National, installé dans la salle de la Porte-Saint-Martin ;

L'Opéra-Comique, salle Favart ;

Le Théâtre des Amis de la Patrie, rue de Louvois;

Le Théâtre National, rue de la Loi, ci-devant de Richelieu, à la place du square Louvois actuel;

Le Théâtre de l'Égalité, salle de l'Odéon;

Le Théâtre de la Montagne, salle Montansier, théâtre actuel du Palais-Royal;

Le Théâtre du Lycée des Arts, rue Saint-Honoré;

Le Théâtre de la Gaîté, ancien théâtre des Grands Danseurs du Roi, au boulevard du Temple;

Les Délassements-Comiques;

Le Théâtre Patriotique, salle de l'Ambigu, alors au boulevard du Temple;

Le Théâtre des Sans-Culottes, salle Molière, laquelle existe encore au coin du passage de ce nom et de la rue Saint-Martin;

Le Théâtre de la Cité, devenu le Théâtre Mozart, puis le Bal de la Veillée, puis le Prado, enfin démoli dernièrement pour faire place au Tribunal de commerce;

Le Théâtre Lyri-Comique, au coin de la rue de Lancry et du boulevard;

Le Théâtre des Jeunes Élèves, rue Dauphine;

Le Boudoir des Muses, rue des Filles-du-Calvaire;

Le Théâtre du Marais, construit par Beaumarchais, rue Culture-Sainte-Catherine;

Le Théâtre des Victoires-Nationales, rue du Bac.

Encore nous ne comptons pas le Théâtre des Troubadours, celui des Variétés-Comiques, celui des Élèves de Thalie, ni les innombrables cafés dramatiques, tels que le café Yon, le café Godet, celui de la Jeune-Malaga, qui jouaient parfois des opérettes et des saynettes en musique.

Ah! combien était loin alors Sa Majesté Guignon, roi des violons, avec sa couronne de doubles-croches!

Ↄ|Ↄ

15 octobre.

Le décret de 1791 inaugura l'ère de prospérité de la musique française.

De la tourbe des opéras et surtout des opéras-comiques éclos dans les années qui suivirent, il est resté quelques œuvres caractéristiques, qui ont été les premiers chaînons du répertoire national continué jusqu'à nos jours, et non sans éclat.

Qui pourrait affirmer que Chérubini, Méhul, Lesueur se fussent jamais révélés, si l'occasion matérielle de se produire ne leur avait été fournie par les événements?

Autour de ces hommes forts se groupait une pléiade de compositeurs doués aussi d'assez de talent pour mériter de vivre au soleil de la célébrité. Ils s'appelaient Della Maria, Champein, Solié, Tarchi, Devienne, Gresnick, Jadin, Steibelt, Plantade, Martini, Kreutzer, Lebrun, Foignet .. Et si leurs noms sont aujourd'hui un peu oubliés de la foule, c'est que nous avons sur les bras des médiocrités par douzaines à pourvoir d'honneurs et de richesses.

La République maintint la suppression des priviléges de théâtres.

Pourtant sa censure était très-autoritaire. Elle interdisait la représentation de plusieurs des opéras d'alors, « comme représentant des rois, des reines et autres personnages propres à blesser les oreilles et les yeux des républicains qui fréquentent *maintenant* les spectacles. Il est temps, en effet, ajoutait le décret, d'oublier ces vieilles chimères de nos pères, et de ne plus offrir sur nos théâtres que des modèles d'un patriotisme ardent et d'un amour brûlant pour la patrie, la liberté et l'égalité. » Voyez-vous le gouvernement d'aujourd'hui s'avisant d'un décret aussi mesquin ? Nous serions privés de *Robert-le-Diable* (à cause de la princesse de Sicile), des *Huguenots* (à cause de la reine de Navarre), de *Guillaume Tell* (à cause du bailli Gessler), de *la Favorite* (à cause du roi Alphonse), etc. ...

Pourtant l'Opéra, en 1793, ne put se passer de son répertoire courant. Alors il eut recours à un expédient : il remania ses livrets et y fit une chasse puérile aux mots : *roi, prince, sceptre, couronne, trône...* Le roi devint *le chef*; le prince, *le maire* ou *le représentant du peuple*; le sceptre, *l'épée*; la couronne, *le bonnet rouge*; le trône, *le fauteuil...* comme dans les romances corrigées à l'usage des pensionnats le mot *amour* est encore aujourd'hui remplacé par le mot *tambour*.

Il en fut de même à l'Opéra-Comique, et on arriva à ce résultat : dans *le Déserteur*, au lieu de :

Le roi passait et le tambour battait aux champs ;

on chantait cette ineptie :

La loi passait et le tambour battait aux champs ;

ou bien encore :

Le pouvoir exécutif passait et le tambour battait aux champs.

Cela était de rigueur, et il n'eût pas fait bon user du texte primitif, même par distraction. Sarrette, fondateur du Conservatoire, a bien eu toutes les peines du monde à se disculper d'avoir fait jouer à un de ses élèves l'air : *O Richard, ô mon roi !*..... sur le cor.

⚜

Napoléon Ier revient aux priviléges en 1807. D'un trait de plume qui ressemble à un coup de sabre, il supprime tous les petits spectacles de Paris et ne conserve que les théâtres suivants :

L'Opéra, les Français, Feydeau, l'Odéon, les Italiens (annexe de Feydeau), l'Opéra-Buffa, le Vaudeville, les Variétés, l'Ambigu, la Gaîté.

En 1811 est rétablie la législation des redevances dues à l'Opéra par les autres théâtres.

La Restauration accorde quelques priviléges nouveaux (entre autres celui du Gymnase).

Louis-Philippe se décide à supprimer les redevances par ordonnance du 24 août 1831. Il permet aussi l'ouverture de plusieurs nouveaux théâtres (le Palais-Royal, les salles de la banlieue, etc.).

La censure, abolie par la République de 1848, est bientôt réinstituée.

Elle a fonctionné très-activement sous Napoléon III, même après le décret de janvier 1864 qui supprimait les priviléges. Il est aussi à remarquer que pendant la première période du second empire l'Opéra garda une partie de ses anciens droits de suzerain sur les autres théâtres. Il avait le pouvoir de rompre à son profit les engagements des chanteurs du Théâtre-Lyrique. Sauf erreur, le ténor Michot et Mme Sass, découverts et *lancés* par M. Carvalho, quand ils furent à point, durent par ordre supérieur prendre du service dans la troupe de l'Opéra.

Enfin voilà la censure encore une fois abolie!... Sera-ce pour longtemps? J'en doute fort... Si la censure était quelque chose de visible et de tangible, comme l'est un censeur, par exemple, on pourrait en attendant l'exposer au Musée des Souverains : ce serait sa vraie place.

Chaque règne, en effet, est marqué dans les annales du théâtre par quelque supplice nouveau infligé aux auteurs, aux comédiens, aux directeurs. Les auteurs sont bâillonnés par une police timorée; les comédiens emprisonnés, fustigés, pendus de la main du bourreau; les directeurs rançonnés par le directeur suzerain de l'Opéra ou par le fisc aux mille pattes prenantes.

Il n'est pas à dire cependant qu'il puisse être permis de manquer sur un théâtre à la décence publique ou au respect d'autrui; mais les esprits judicieux pensent depuis longtemps que les plus mauvaises lois sont les lois *préventives* qui établissent des catégories de citoyens *suspects*.

Qu'il y ait des tribunaux pour juger, et non une administration pour préjuger!

C'est d'ailleurs faire par trop le badaud à travers l'histoire ancienne, quand l'histoire contemporaine est d'un si poignant intérêt. Laissons là les rois de France et retournons au roi de Prusse, qui depuis quelques jours se promène à une portée *et demie* de canon de nos fortifications!

꽍

PANEM ET CIRCENSES.

28 octobre.

Nous savons bien ce que nous ferions si nous avions l'honneur et le malheur de diriger à l'heure qu'il est un théâtre fermé….. Pourtant notre idée, si simple qu'elle soit, pourrait bien donner de l'humeur aux gens « pratiques », qui, pour se venger de ne l'avoir point trouvée, la repousseraient avec tout le manque d'égards dû à un paradoxe.

Et, en effet, les gens qui se qualifient de pratiques ne sont le plus souvent que des gâte-métier de l'espèce des tardigrades, et qui ont le cerveau emprisonné dans un cercle étroit d'idées routinières, comme ils ont le cou étranglé par leur cravate blanche. Tout ce qui a un parfum d'imprévu, d'inusité, leur donne des nausées.

Mais qu'à cela ne tienne ! car à l'heure où nous avons le chagrin de vivre, tout est nouveau autour de nous, nous nageons dans l'inédit, grâce à Bismarck, entrepreneur de calamités nationales, et à son fidèle Guillaume.

Serait-il donc si étonnant, au milieu de tant de choses stupéfiantes, de voir les théâtres s'occuper d'artillerie? Déjà, avec le plus louable zèle, ils se sont transformés en hôpitaux. Mais ils pourraient faire quelque chose de plus et utiliser, au profit de la ville de Paris, les forces dont ils disposent. J'entends qu'on devrait en ouvrir quelques-uns qui donneraient des spectacles de circonstance dont le produit serait destiné à la fabrication des canons : car vous savez que nous n'aurons assez de canons que quand nous en aurons trop.

Pour compléter ce plan d'armement par la musique, je demanderais que le prix des places fût adouci, afin d'arriver à faire salle comble, et ainsi d'éviter un déficit. Qui, en effet, le supporterait? Il serait injuste de le mettre au compte de la direction, qui, en cas de gain, ne devrait pas encaisser un centime.

Il est vrai que le bénéfice serait assuré avec un spectacle attrayant et un tarif modéré. Et puis, comptez sur la foule, qui, pour être admirable dans la fière attitude qu'elle a prise devant l'ennemi, n'en est pas moins prise d'un légitime appétit pour les jouissances de l'esprit. Et à cet égard nous faisons abstinence depuis assez de temps pour que l'heure du décarêmage soit curieusement attendue. Il n'est pas à dire que les folâtreries à la mode l'hiver dernier seraient de mise en ces jours de deuil que nous traversons ; mais il est, Dieu merci, des œuvres d'un style sévère qui ne choqueraient en rien les convenances, et je ne sache pas que ce soit une manière de sauver sa patrie que de se priver d'entendre *Guillaume Tell*, *Joseph* ou le *Trovatore*.

Je compte aussi, comme source de bénéfice, la modicité du cachet dont les artistes voudraient bien se contenter. Eh ! mon Dieu ! je sais bien que parmi eux il en est qui littéralement meurent de faim ; mais leur pain, comme celui de tous, un jour viendra où nous irons le chercher à Tours, au Mans ou à Amiens, c'est-à-dire aux trois points cardinaux sur quatre que les envahisseurs n'ont pu jusqu'à ce jour envahir. Or, encore une fois, il faut du canon pour accomplir ces voyages, pour « aller au marché » dans les départements. Et ce serait une belle chose que d'obtenir *panem* au moyen de *circenses*.

Combien coûte un canon ? Je ne saurais le dire au

juste; pourtant j'affirme qu'avant une semaine nous aurions le canon de l'Opéra, celui de l'Opéra-Comique, celui du Théâtre-Lyrique, celui des Italiens (lequel reviendrait de droit au général Garibaldi). Ah! messieurs les Prussiens, quelle musique!

Essayez de mon moyen, et si vous ne récoltez pas assez de gros sous pour fondre un canon, vous aurez toujours bien gagné le prix d'un pistolet.

31 octobre.

Au moment où nous reprenions tristement notre plume pour continuer à soutenir cette thèse, on est venu nous apprendre l'accablante, l'horrible, l'incroyable nouvelle de la reddition de Metz. Nouvelle vraisemblable pourtant, encore qu'elle ne fût officielle, car il en va des affaires d'un peuple comme de celles d'un individu : quand le malheur s'y est une fois attaché, il ne lâche point sa proie, qu'il dévore jusqu'au bout. Cette dernière catastrophe manquait trop à la série de nos infortunes pour que le destin nous l'épargnât plus longtemps. C'était écrit. L'avenir nous réserve..... (*Interrompu pour cause de guerre civile.*) . . . . On crie dans les rues que le Bourget vient d'être repris par les Prussiens..... Le palais municipal est envahi..... Le général Trochu, M. Jules Favre et leurs collègues sont faits prisonniers par des bataillons de la garde nationale ralliés aux noms de Blanqui et de Flourens..... Au loin, le canon prussien qui tonne! Dans Paris, toutes les maisons fermées...... mais les clubs pleins...... On bat la générale dans tous les quartiers...... Il pleut!

⊃⊄G

1.er novembre.

Le tumulte d'hier est apaisé. On ne s'est pas battu, on a manifesté, parlementé, passé des traités. Jeudi il y aura vote plébiscitaire sur la question du maintien ou de la déchéance du gouvernement de la Défense nationale......

⊃⊄G⊃⊄G⊃⊄G⊃⊄G

Je disais donc plus haut que l'avenir nous réservé d'éclatantes et peut-être prochaines revanches. La paix reviendra. Espérons qu'elle sera glorieuse pour nous; que la victoire aura changé de drapeau; qu'au milieu d'une allégresse inspiratrice naîtront des œuvres d'art d'une puissance inaccoutumée et d'une forme nouvelle. Espérons!.....

A la paix donc, il est bien entendu que le génie français, retrempé dans l'héroïsme, prendra un essor nouveau. Quant à la musique, cet art si sensible et, où se reflète immanquablement ce qu'on pourrait appeler l'âme d'une époque, elle acquerra une vigueur et un sérieux qui lui ont fait défaut en ces dernières années de torpeur et de frivolité.

Aussi « à la paix » est devenu une locution usuelle, surtout depuis que nous sommes tout à fait à la guerre, à la levée en masse et aux grandes exterminations d'ennemis! La loi des contrastes moraux le veut ainsi et nous oblige à tourner notre esprit vers ce qui ressemble le moins aux pensées qui l'étreignent. D'ailleurs, comment s'empêcher de regarder devant soi et d'espérer en l'avenir quand le passé et le présent sont si déplaisants à voir?

Mais, en attendant, il faut savoir nous passer des jouissances de l'esprit, ou tout au moins n'en prendre qu'une ration fort maigre. Il y a bien eu la semaine dernière des tentatives de réouverture de théâtres. Plusieurs festivals étaient aussi annoncés, qui (ainsi que nous le demandions) devaient consacrer leurs recettes à l'achat des canons dont nous n'avons pas encore notre content.

Je n'ai qu'une peur, c'est que les derniers événements, par l'émotion qu'ils ont causée, ne soient venus contrecarrer de si pieuses et patriotiques intentions.

—   ℋ

REQUIEM DE CHERUBINI.

16 novembre.

La messe de *Requiem* de Cherubini a été exécutée cette semaine à la Madeleine par la Société des Concerts du Conservatoire. Cette œuvre d'un caractère si sévère et si élevé avait été composée sous la Restauration pour célébrer tous les ans l'anniversaire de la mort de Louis XVI.

Le produit de la quête et des chaises, qui s'est élevé à près de 6,000 francs, sera consacré aux ambulances.

Des cérémonies analogues ont eu lieu dans presque toutes les églises de Paris.

❦

CONCERTS DE L'OPÉRA.

18 novembre.

Tous les dimanches et tous les jeudis, grand concert, à 8 heures du soir, dans la salle et par le personnel de l'Opéra. La première séance a été tenue le 6 novembre au profit des victimes de l'héroïque défense de Châteaudun.

Les programmes de ces festivals sont très-attrayants et composés de main de maître. On joue principalement *le Désert* de M. Félicien David, puis des fragments d'opéras du répertoire, tels que le trio et le finale de *Guillaume Tell*, la Bénédiction des poignards des *Huguenots*, enfin de la musique choisie dans les œuvres de Gluck, de Spontini, d'Auber, d'Halévy, etc.....

L'orchestre est à son poste ordinaire de combat. Sur le théâtre les choristes et les solistes. On distingue parmi ces derniers Mlle Hisson, Mme Gueymard-Lauters, MM. Villaret, Bosquin, Caron, Ponsard, Grisy, Gaspard, etc.... — En général on ne compte qu'un très-petit nombre de musiciens qui aient quitté Paris avant l'investissement pour s'engager, comme on dit ironiquement, dans le corps des « francs fileurs ».

Il y a foule à ce grave divertissement que l'Opéra veut bien nous donner (et les artistes de la maison qui ne touchent que de petits appointements n'auront pas, dit-on, à se plaindre du désintéressement de leurs camarades mieux partagés).

Pourtant, si le froid augmente, il est bien probable que la série de ces concerts sera interrompue. La salle n'est point chauffée, en effet, car Paris n'a plus à l'heure qu'il est un kilo de charbon de terre pour combattre la rigueur de l'hiver. Par suite de la même pénurie l'Opéra n'est éclairé qu'aux bougies et au pétrole.

Pendant l'entr'acte on cause peu, car parler et souf-
fler dans ses doigts sont deux exercices difficiles à mener
de front.

ᕮᕦᕬ

LE CHANT DU DÉPART.

19 novembre.

Le peu que l'on sait de l'histoire du *Chant du départ*
a été raconté par M. Lassabathie dans son livre sur le
Conservatoire :

En 1794, « Chénier, étant caché chez Sarette, composa
les paroles du *Chant du départ*, destiné à célébrer le cin-
quième anniversaire de la prise de la Bastille. Méhul en
écrivit la musique sur le coin de la cheminée d'un salon,
au milieu des conversations bruyantes. Cet hymne fut
exécuté pour la première fois par l'orchestre du Conservatoire. Bonaparte, trouvant qu'il excitait le courage
militaire, le conserva parmi les airs nationaux, et les
musiques militaires l'exécutèrent jusqu'à la fin du Consulat. » — Le *Chant du départ* fut chanté pour la première
fois à l'Opéra le 29 septembre 1794.

Depuis le 4 septembre on chante à Paris le bel hymne

de Chénier et de Méhul, qui était interdit sous l'empire à cause du vers :

La République nous appelle.

En revanche, on ne peut chanter aujourd'hui une chanson de la première République qui était intitulée : *Veillons au salut de l'empire* Il est vrai que le mot *empire* est pris là dans le sens de *État*. Mais on ne saurait expliquer et surtout faire comprendre cela à tout le monde. L'air de cette chanson était tiré de l'opéra *Renaud d'Ast*, de Dalayrac ; les paroles étaient de Boy.

✠

LA MUSIQUE QUE L'ON CHANTE.

22 novembre.

Je dirai, en employant une vieille formule, « qu'un volume ne suffirait pas » à enregistrer les titres seuls des cantates, des hymnes, des romances, des chansons et des chansonnettes nées des circonstances et composées en l'honneur ou pour la déploration des événements. Toutes ces rimes et toutes ces mélodies révèlent chez les auteurs de louables intentions généralement mal servies par leur génie. Aussi ces élucubrations diverses ne sont point accueillies de la foule, qui d'ordinaire n'est pourtant pas difficile et fait fête à la plus méchante ariette pourvu qu'elle soit un peu rhythmée.

Pardon ! une complainte est devenue populaire depuis le 4 septembre, et, quoiqu'elle ne soit point un modèle d'atticisme, il faut bien à l'historien la considérer comme la caractéristique des temps que nous traversons Elle s'appelle *le Sire de Fich-ton-Khan*.

Ce nom fait d'une locution peu académique, et écrit avec une orthographe chinoise, est le sobriquet d'inimitié donné par les Parisiens à l'ex-empereur. Une lithographie qui orne le titre de la chanson représente le vaincu de Sedan tout empanaché et prenant des airs plaisamment vainqueurs. Sur sa poitrine est attaché un pied de biche, emblème de la fuite précipitée ; puis encore un vélocipède, une tête de cerf, un paquet de carottes, décorations allégoriques et ironiques dont le sens est facile à débrouiller.

Le Sire de Fich-ton-Khan est de M. Paul Burani pour les paroles et de M. Antonin Louis pour la musique. Il a été chanté pour la première fois par J. Arnaud, à l'Ambigu, et repris ensuite par J. Perrin, au Cirque national.

Ainsi, la première Révolution a produit *la Marseillaise* et *le Chant du Départ*.

La République de 1848, *les Girondins*.

La troisième République française, *le Sire de Fich-ton-Khan*.

7.

Je suis de ceux qui croient, dans leur optimisme, qu'à prendre en bloc la génération actuelle, elle vaut (à sa manière) toutes celles qui l'ont précédée. Pourtant, à ne nous considérer qu'au point de vue de ces grands élans de passion qui se traduisent par des chants patriotiques, il faut convenir que la décadence est très-marquée chez nous depuis 1792.

Singulier et pourtant très-logique effet de la loi des contrastes ! Chaque fois que dans une convulsion sociale un chant d'un caractère violent a couru les rues, il a toujours alterné avec quelque romance douceâtre évoquant des idées pastorales et tendres.

Ainsi, en 1793, *Il pleut, Bergère !...* est la chanson à la mode que l'on chante partout, jusque devant la guillotine. (Les paroles en étaient de Fabre d'Églantine, la musique de Victor Simon, de Metz, administrateur et violoniste du Théâtre Montansier.)

En 1848, la vogue est à *Jenny l'Ouvrière*, d'Étienne Arnaud.

Aujourd'hui, en 1870, on chante à tous les carrefours une élégie dont le refrain est :

> Je n'ai gardé dans mon malheur
> Que l'amitié d'une hirondelle !

Et on peut constater le même decrescendo de mérite dans ces trois romances que dans les hymnes révolutionnaires auxquels elles font à la fois pendant et contrepoids.

J'ai pourtant eu la patience de prendre des notes devant la vitrine des marchands de musique; j'ai inventorié aussi les collections publiques et privées, relevant les titres de plusieurs morceaux de circonstance qui, à des titres très-divers, doivent être signalés.

En tête, par ordre de date, se place un arrangement de la *Marseillaise* pour le piano, par M. Batmann.

Ensuite d'innombrables mélodies sur *le Rhin allemand* de Musset. J'ai marqué au passage celles de MM. Wekerlin, Camille de Vos, Alexandre Schann, E. Ortolan, Hess, Guyon, G. Thomas, Jules Lefort, Obin, A. Lionnet, Collin, Faure, Costé, Vaucorbeil, etc.... (Cette dernière a été publiée par le journal *le Gaulois* et chantée par Roger au Vaudeville.)

Continuons le dépouillement de notre carnet.

C'est Bismarck qui la gobera! « duo prussophobe » chanté dans les cafés-concerts.

Appel à l'Allemagne..... au nom du sentiment généreux, mais bien démodé, de la fraternité des peuples. (La vignette représente intempestivement un soldat français donnant la main à un soldat prussien !!!)

A la frontière! hymne chanté à l'Opéra par Devoyod, musique de M. Gounod, sur de chaleureuses paroles de M. Jules Frey. (Voir *les Chants de guerre de la France* en 1870-1871, édités par E. Lachaud.)

En chasse à l'ennemi; paroles de M. Jules Frey, musique de M. Conink, exécuté à l'Athénée par M. Devoyod.

Vengeance! par M. Edmond Magnier.

Recueil des principaux airs nationaux, pot-pourri pour

musique militaire, par M. Vidal. Voilà de la concilia-
tion, ou il n'en est pas, car dans cette macédoine mélodique on trouve à la fois *Partant pour la Syrie, Vive
Henri IV, la Parisienne, la Marseillaise* et *Où peut-on
être mieux qu'au sein de sa famille ?*

La Nationale, exécutée le 15 août à l'Asile de Vincennes ; paroles et musique de l'aumônier de l'asile.

Quand la Patrie est en danger, chanson de M. Lhuil-
lier (avec une superbe lithographie de Cham). Ce morceau était souvent redemandé à l'excellent et brave
Berthelier, quand son service de franc-tireur ne le rete-
nait pas aux avant-postes.

Cri de guerre ! signé E. L'Épine, probablement M.
L'Épine, ancien secrétaire de M. de Morny, auteur d'une
opérette des Bouffes intitulée *Croquignole XXXVI*, et
aujourd'hui référendaire de la Cour des comptes.

Vengeons nos morts ! de M. Alfred Quidant. Hymne
d'un beau caractère, qui fut exécuté au Châtelet en juillet, comme intermède des représentations qu'y donnait
alors la troupe de l'Alhambra de Londres.

Le Vieux Volontaire, par le même.

Pas redoublé, chanson de M. Marié, édition populaire
autographiée.

Le Te Deum de la délivrance, de M. Elwart ; paroles
liturgiques accompagnées symphoniquement par les airs
nationaux.

L'Avenir de la France ; paroles du général X , musique
de M. Eugène du Rocher.

Chant de la Mobile, par M. Debillemont.

La Sarthe, pas redoublé, par M. Fabre.

France, en avant ! quadrille.

Vite au rempart, on nous attend.

Le Mobile breton, dédié à M. le général Trochu, gouverneur de Paris.

Le Chemin de Montretout.

Les Infâmes..... quadrille (!).

Les Libres Penseurs, chant socialiste.

Les Infects, chansonnette d'un voltairianisme intense.

L'Empoisonnement général de l'Empire, chansonnette très-exaltée, et la seule du genre que nous ayons trouvée dans nos fouilles. Le charcutier du coin y est invité à dépecer l'ex-empereur, dont on fait manger les morceaux aux divers personnages de son ex-cour. L'ex-impératrice et l'ex-prince impérial sont du banquet, et ce ne sont pas les morceaux d'honneur qu'on met dans leur assiette....! (Bon thermomètre pour mesurer le degré des passions d'alors.)

Etc. . . . .

Il ne tiendrait qu'à nous encore de nommer plusieurs auteurs qui, bien connus pour avoir autrefois complimenté les divers régimes déchus, n'en viennent pas moins de chanter la République, et sur des lyres chauffées à blanc. Le pilori où l'on devrait mettre ces messieurs là serait le sommet d'un toit; ils pourraient s'y rendre utiles en indiquant de quel côté vient le vent !

Mais, à propos de ce genre de défection poétique et musicale, nous retrouvons dans un journal de 1850 une plaisante anecdote rapportée par M. Gérin, directeur de la caisse des fonds secrets sous l'Empire, la Restauration, le Gouvernement de Juillet et la République de 1848 :

« En 1811, racontait M. Gérin, je reçus ordre de payer 5,000 francs à un poëte qui avait composé une cantate à l'occasion de la naissance du roi de Rome. Cette cantate, vrai chef-d'œuvre de banalités mal rimées, et dans laquelle la *gloire* et la *victoire* s'entrelaçaient harmonieusement aux *lauriers* et aux *guerriers*, avait pour refrain les quatre vers suivants :

> Si l'étranger, comme un seul homme,
> Un jour voulait nous asservir,
> Autour du noble roi de Rome
> Jurons de vaincre ou de mourir.

« En 1821, à la naissance du duc de Bordeaux, je vis la même cantate reparaître à l'horizon de ma caisse. Seulement le refrain avait été légèrement modifié :

> Si méditant notre ruine,
> L'étranger veut nous asservir,
> Autour du fils de Caroline,
> Jurons de vaincre ou de mourir.

« La Restauration se montra moins généreuse que

l'Empire, elle n'accorda que 3,000 francs à l'auteur.

« J'avais entièrement oublié le poëte et ses bouts-rimés, lorsque, à la naissance du comte de Paris, je revis la cantate passer par le guichet, et l'auteur me tendre poliment la main. Cette fois le refrain avait encore été approprié à la circonstance :

> Ah ! si l'étranger dans sa haine
> Un jour voulait nous asservir,
> Autour du noble fils d'Hélène
> Jurons de vaincre ou de mourir.

« L'auteur ne toucha que 2,000 fr. Décidément la cantate commençait à s'user...

« Enfin, croiriez-vous que, quelques jours après la Révolution de février, je trouvai sur mon bureau cette cantate sempiternelle, ce passe-partout lyrique qui ouvrait la caisse de tous les Gouvernements, et qui, cette fois, se terminait de la façon suivante :

> Si l'étranger, dans sa furie,
> Un jour voulait nous asservir,
> Sur le sol de notre patrie,
> Jurons de vaincre ou de mourir !

« Mais les temps étaient durs : l'auteur, n'ayant reçu qu'un billet de 100 fr. de nouvelle création, se drapa dans sa dignité et me déclara que je ne le reverrais plus. »

LES CHANSONS QUE L'ON NE CHANTE PAS.

24 novembre.

Le *Ça ira* et *la Carmagnole* n'ont pas jusqu'à aujour-
d'hui été chantés une seule fois dans Paris. L'air aussi
bien que les paroles en paraissent absolument ignorés.
C'est ce que je veux écrire par le ballon à mes amis de
la province, en attendant que je puisse le leur affirmer
de vive voix : car je sais bien les belles histoires qu'on
inventera là-bas sur « Paris, foyer des révolutions....;
Paris, asile de l'hydre de l'anarchie ! etc., etc... »

Il est évident qu'il y a toujours à Paris un groupe de
dix mille coquins venus de partout et qui attendent une
occasion pour commettre des crimes de droit commun
que les partis ont ensuite la naïveté de se reprocher mu-
tuellement. On veut voir de la politique dans ce qui ne
devrait être considéré que comme simple affaire incom-
bant à la police. L'histoire est là pour montrer les fac-
tions les plus exaltées et les plus radicales ayant elles-
mêmes à compter avec cette poignée d'hommes sans
drapeau.

L'air du *Ça ira* devint populaire lorsqu'il fut chanté
pour la première fois avec des paroles par les travail-
leurs qui, en 1790, préparaient le Champ de Mars pour la

fête de la Fédération, mais il existait déjà depuis plusieurs années; c'était une contre-danse composée par
Bécourt et que Marie-Antoinette jouait volontiers sur le
clavecin. On attribue au chanteur des rues et poëte populaire Ladré les premières paroles du *Ça ira!* qui, à
vrai dire, n'étaient point aussi violentes que celles con-
servées par la tradition. On ne pouvait, en effet, chanter
en 1790 ce que l'on chantait en 1793.

Quant à la *Carmagnole*, dont les paroles sont si terribles, tandis que l'air en est si gai, c'est un souvenir de
la prise de Carmagnole, en Piémont. Nos armées triom-
phantes rapportèrent cette chanson de leur expédition.

☯

BATAILLES EN MUSIQUE.

28 novembre.

La voix du canon, qui chante aujourd'hui de si lugubres antiennes, nous craignons bien qu'il ne se trouve
des musiciens pour essayer de la noter. L'entreprise ne
serait pas nouvelle; mais il a toujours été audacieux de
vouloir plier l'art musical à l'imitation servile des fracas
de la guerre.

Au XVIᵉ siècle , Josquin Després avait écrit une
sorte de symphonie intitulée *la Bataille de Marignan*. De
là la création d'un genre. On a composé depuis et on
composera encore des batailles. Parmi les plus célèbres
de ces morceaux, citons la *Bataille de Jemmapes*, qui est
de Devienne, et celle de la *Prise de la Bastille*, que Vogel
exécutait sur l'orgue de Saint-Sulpice.

La foule alors courait à l'audition de ces fantaisies
musicales, qui d'ailleurs et encore une fois n'ont qu'un
rapport éloigné avec le grand art. Là-dessus Castil-
Blaze prend, au nom du bon goût, des conclusions que
nous demandons à reproduire en partie parce qu'elles
nous semblent justes.

Il commence par définir la bataille une sorte de com-
position instrumentale dans laquelle le musicien *croit*
imiter avec des sons le bruit de la guerre et les divers
résultats d'une bataille. Puis il continue : « C'est vai-
nement que l'auteur d'une *bataille* couvre sa partition
grotesque de burlesques explications. Les écoutants n'ont
pas sous les yeux un livret qui les aide à débrouiller ce
chaos infernal, cet amas indigeste de lieux communs tri-
viaux, dont l'effet assourdissant ne peut être comparé
qu'au vacarme que font les paysans pour arrêter leurs
abeilles fugitives. Je veux supposer qu'un orchestre co-
lossal avec des gammes et des pétarades, des arpéges et
des fanfares, des fusées et des roulements, imite en quelque façon le bruit d'une bataille. L'explosion de l'artillerie, les cris des soldats, les plaintes des mourants, le
cliquetis des armes, les trompettes, les cornets, les

tambours, les pieds des chevaux, cela fait un mélange affreux, épouvantable. Mais, comme tout marche en même temps, ce bruit est toujours le même... Où trouver des contrastes lorsque l'extrême fortissimo atteint à peine aux premiers degrés de l'imitation? Comment porter la moindre variété dans un tableau si uniforme?...

... « Un organiste, fort des moyens extraordinaires de son instrument, peut tenter des effets gigantesques. Vogel, exécutant la *Prise de la Bastille*, faisait souvent illusion Le tonnerre de l'orgue de Saint-Sulpice luttait avec une batterie de campagne. Mais qu'un pianiste, en se précipitant sur son clavier, croie me faire entendre le canon, et, ce qui est encore plus risible, qu'un joueur de guitare me dise gravement, en pinçant de pitoyables amphigouris : c'est un combat! c'est une tempête!... je dis que c'est le combat de l'absurdité! »

Vous verrez pourtant que l'on composera encore « des batailles »; et, hélas! ce ne seront pas les prétextes qui manqueront!

◌◌◌◌◌◌◌◌◌

2 décembre.

Que disais-je?.... Depuis ce matin, en effet, le canon n'a cessé de se faire entendre du côté de Vincennes..... Nous avons fait une sortie formidable sur la Marne.... C'est à Cham-

pigny, à Villiers, à Petit-Bry qu'on s'est battu toute la journée .... Une foule anxieuse n'a cessé de stationner sur le boulevard, et surtout dans la rue Drouot, attendant les affiches
officielles que l'on placarde à la porte de la mairie de l'Opéra...
Les estafettes envoyées du champ de bataille ont de la peine à
passer dans les rues. On les arrête pour avoir des nouvelles.
« Ça va bien ! Messieurs, ça va très-bien ! » est leur réponse
invariable..... En effet, à la fin de cette rude journée, nous
étions maîtres du plateau d'Avron, position importante...

OIGOIGOIGOIGOIG

LE CANON BEETHOVEN.

9 décembre.

M. Pasdeloup, grâce au concours désintéressé de ses
musiciens, a trouvé moyen de donner plusieurs concerts
au profit d'œuvres de bienfaisance. Le produit du troisième a été consacré à fondre un canon qui, avec une
intention ironique, prend le nom de Beethoven.

Si, en effet, la destinée voulait que nous fussions
écrasés d'un coup de canon, nous n'aimerions pas que le
canon s'appelât Boïeldieu, Hérold ou Auber. Pure manie
de musicien patriote !

Et c'est pourtant une semblable amertume que nous ménageons à nos ennemis.

Sous l'invocation du grand dieu de l'art, du Jupiter Tonnant de la musique, il va donc être lancé sur les Allemands des choses de fer ayant la forme de ce qu'à la classe de solfége on appelle des rondes.

Le merveilleux en tout cela serait que le canon Beethoven par un hasard judicieux, brisât justement les obusiers qui menacent le Conservatoire et le Cirque de M. Pasdeloup Ce serait là un coup d'intelligence et de finesse comme on n'en vit jamais au milieu des brutalités de la guerre.

Nous assistions à ce concert donné au profit du canon Beethoven. En voici le programme (car il est bon que l'on sache plus tard de quelle musique nous nous régalions dans Paris assiégé) :

Ouverture de *Sémiramis*.

Symphonie pastorale.

Andante du quintette de Mozart.

(Conférence par M. Fr. Sarcey.)

Marche du *Songe d'une Nuit d'été*.

La *Marseillaise*.

Le premier morceau de la *Pastorale* est intitulé, comme vous savez : « Sentiments qu'on éprouve en arrivant à la campagne... » Si nous savions exprimer notre pensée en prose comme Beethoven exprimait la sienne en musique, nous aurions consacré ce chapitre à dire quel sentiment on éprouve en entendant une telle musique après de longs mois de privation. Mais notre littérature n'y suf-

8.

firait pas, tant est d'ailleurs intense le rayon de lumière qui nous éblouit et nous transperce en face d'une œuvre si éclatante de génie.

L'orage surtout, l'orage qui forme l'épisode principal du troisième morceau, ce sublime fracas d'accords en courroux, a trouvé, comme jamais, un écho dans l'âme des auditeurs.

Il faut dire que par les fenêtres du Cirque tombait de temps à autre la note sourde des canons de Saint-Denis, qui, se mêlant par intrusion à la symphonie, lui prêtait un accent étrange.

O tempora! o mores! o musica!

᪥

BEETHOVEN RÉPUBLICAIN.

15 décembre.

Mais à ce propos on pourrait se demander quel eût été le sentiment de Beethoven sur les événements actuels. — A coup sûr, sa grande âme se fût émue de ces tueries; et on peut espérer qu'en dépit de son sang allemand, il nous eût gardé un beau coin de son cœur républicain.

En effet, il est acquis à l'histoire que Beethoven aspirait à la république et qu'il s'était pris aussi d'un grand enthousiasme pour le général Bonaparte avant qu'il ne se fût fait empereur.

Voici à ce sujet une anecdote qui n'est peut-être pas connue de tout le monde (nous l'empruntons à la *Vie de Beethoven*, de Schindler, traduite par M. Albert Sowinski) : « L'ambassade de France à la cour de Vienne était alors occupée par le général Bernadotte, plus tard roi de Suède. Dans ses salons, ouverts à toutes les notabilités, parut Beethoven, comme grand admirateur du premier consul de la République française. Le général Bernadotte eut le premier l'idée d'une œuvre musicale pour célébrer la gloire du héros du siècle. Il engagea Beethoven à écrire une symphonie, et bientôt après cette idée devenait une réalité, car le grand maître, cédant à ses convictions politiques, enrichit le monde musical de sa *Symphonie héroïque*...

« Ce qui augmentait encore les sympathies de Beethoven pour le premier consul, c'est que le nouvel ordre de choses reposait sur les principes républicains, vers lesquels il se sentait entraîné, étant grand partisan de la liberté illimitée et de l'indépendance des États... Il voulait aussi pour la France le régime de la pluralité des voix, et il espérait que Napoléon Bonaparte l'établirait d'après les principes de Platon.

« Une copie nette de la partition avec la dédicace au

premier consul de la République française, consistant en ces deux mots :

NAPOLÉON BONAPARTE,

devait être remise au général Bernadotte pour être envoyée à Paris, lorsque la nouvelle vint à Vienne que Napoléon s'était fait proclamer empereur. Cette nouvelle fut apportée à Beethoven par le prince Likowski et Ferdinand Ries. A peine l'eut-il entendue qu'il saisit la partition avec colère, arracha la feuille du titre et la jeta par terre au milieu d'imprécations... Ce ne fut que longtemps après qu'il fit une concession moyennant laquelle l'œuvre nouvelle porterait le nom de SINFONIA EROÏCA *per festigiare il sovenire d'un gran uomo.* »

Et quand le canon Beethoven sera usé, mis hors de service par ses propres boulets, le bronze en sera encore bon pour couler une statue à l'illustre artiste qui lui aura prêté son nom.

⚭

GRÉTRY RÉPUBLICAIN.

23 décembre.

Grétry était républicain comme Beethoven. Aussi peut-être, et même en pleine tourmente guerrière, n'est-il pas sans intérêt de considérer un coin de l'esprit et du cœur de Grétry.

Je ne me dissimule pas l'étonnement de beaucoup de personnes trouvant dans l'auteur de *Richard Cœur-de-Lion* un citoyen, quand elles croyaient ne rencontrer qu'un muscadin. Je gage, en effet, que l'idée qu'on se fait généralement de Grétry est celle d'un petit-maître pommadé, pomponné, frisé et frétillant comme un arlequin de Watteau.

Voici donc (et non sans à-propos) quelques pages des *Mémoires* du citoyen Grétry. Ce livre curieux de l'auteur de *l'Amant jaloux* est daté de pluviôse an V; il respire la philosophie du temps, mais il peut en beaucoup de ses passages s'appliquer à l'époque que nous traversons.

Lisez d'abord cette théorie de la liberté :

« La liberté est l'apanage de l'homme. En le formant, le Créateur lui dit : Sois libre, et il le fut. Toute espèce d'esclavage lui est insupportable, et dès qu'il se voit forcé de baisser la tête sous le joug de la tyrannie, il médite déjà sa vengeance.

« Si nous voyons la terre couverte d'hommes soumis à des despotes, c'est parce que la multitude leur a dit : Soyez nos maîtres, rendez-nous heureux, et nous vous obéirons. Mais quand cette multitude se trouve accablée de sa servitude, le traité est rompu. Cependant cette liberté naturelle de l'homme le conduit lui-même au désordre et à l'anarchie, parce que les hommes veulent tous très-naturellement, et chacun en son particulier, dominer ceux qui les entourent.

« Il faut donc des lois faites par la généralité et consenties par elle. Dès que les lois sont consenties par
tous, tous, sans distinction, doivent leur obéir. Pardon-
ner au transgresseur des lois est un crime. On doit voir
alors l'homme qui a transgressé ses propres lois marcher
fièrement à l'échafaud en disant : Je suis heureux de
mourir pour cesser d'être criminel....

« ..... Entre tous les hommes, l'artiste fut toujours
l'ami le plus chaud de la liberté : l'étude continuelle de
la nature le rend tel. L'homme de génie ose, même en
présence des despotes, proclamer la liberté de son être;
il ose braver leur politique et leurs préjugés. C'est une
tête exaltée, c'est un fou, disent-ils, mais il a un grand
talent. Disons mieux : c'est un homme qui ne veut pas
se rendre coupable d'adulation. »

Tournons la page..... Voici un autre morceau tout
empreint encore d'esprit libéral, et qui est même une
profession de foi républicaine, faite à la manière d'un
musicien qui rapporte à son art les choses de la politique :

« Dans les monarchies, chaque intrigant veut tout
envahir, parce que tout est du ressort de l'intrigue. Un
auteur, Voltaire, je crois, a dit quelque part à peu près
ceci : « Avec du temps, l'esprit qu'il faut, et surtout de
« la patience, tout homme peut se faire empereur. »
Comme les temps sont changés ! Aujourd'hui, en septembre 1794, il faudrait autant d'esprit pour se défaire d'une
couronne.

« Il n'est pas nécessaire à l'intrigant d'avoir la moindre

notion des arts pour être mis à leur tête. Un financier sera directeur de l'art dramatique ; un guerrier dirigera l'architecture, la sculpture, la peinture.

« Plus les hommes de génie sont indignés de ces inepties, plus ils deviennent dédaigneux de ces Mécènes intrigants. Le sentiment de leur force réveille en eux l'orgueil du talent humilié. L'homme en place s'en aperçoit ; alors il n'est plus possible à l'artiste habile d'obtenir aucun emploi, aucun encouragement, parce qu'il devient suspect à l'ignorant qui gouverne..... Voilà ce que j'ai vu en France pendant trente ans. »

Et voilà ce que le bon Grétry aurait pu voir longtemps après s'il eût vécu plus vieux.

Laissons au lecteur le soin de chercher, parmi les personnages du régime déchu, s'il n'en est pas qui, banquiers ou militaires, aient administré les beaux-arts, et cela sans que, par une juste réciprocité, on ait donné à un artiste le portefeuille des finances ou celui de la guerre.

Autre extrait, et non moins significatif :

« Le climat, le gouvernement influent sur la musique ; la musique influe infiniment sur les mœurs. La vraie musique d'un peuple est d'accord avec son climat et ses mœurs.....

« La musique des Romains modernes a conservé la mollesse provenant de l'exaltation de l'esprit, en retranchant de sa mélodie le genre martial et nerveux, parce que le modèle d'après lequel l'artiste peint a disparu, parce que, enfin, l'ancien, le formidable guerrier y est métamorphosé en moine ou en abbé..... Rendez à Rome moderne un gouvernement libre, la musique y reprendra de l'énergie sans abandonner absolument les formules idéales et voluptueuses qu'inspire le climat.

« La musique du siècle de Louis XIV était une faible copie de la musique italienne de ce temps; alors la musique française était pauvrement fastueuse. Les poëmes de Quinault, grand poëte d'alors, se ressentaient de la servitude avilissante, qui déshonore les arts et le héros qu'on croyait célébrer. On a peine à comprendre qu'un homme (fût-il roi) ait soutenu la représentation des prologues d'opéra dans lesquels il était sans cesse assimilé aux dieux! Je ne doute pas même que dans plusieurs de ces prologues flagorneurs on ait dit à Louis XIV et à Louis XV qu'ils surpassaient les divinités avec lesquelles on les mettait en parallèle. Et lorsqu'après la représentation du *Temple de la Gloire*, Voltaire, s'élançant de la foule, va adresser ces paroles à Louis XV : « Trajan est-il content ? » un regard foudroyant qu'il reçut pour toute réponse l'avertit que Trajan n'était pas content, ou du moins que c'était trop oser que de le lui demander à lui-même.

« La mollesse, la bassesse de l'avilissement devaient donc se faire sentir dans les opéras de Quinault et de ses successeurs ; et le Gascon de ce temps qui disait : « Je trouve que ce Quinault a cruellement *désossé* la langue », disait juste.....

« La musique française de nos jours vient de prendre un élan terrible. On croit cependant qu'à travers les foudres d'harmonie que quelques artistes déjà célèbres ont fait éclater dans leurs compositions, on croit, dis-je, que la *Marseillaise*, composée par un amateur qui n'a que du goût et qui ignore les accords, que le *Ça ira!* et la *Carmagnole*, ont fait les frais musicaux de notre révolution. Pourquoi? Parce que ces airs sont du chant, et que sans chant point de musique.....

« Nous voyons arriver à grands pas le temps où nos spectacles feront la peinture des mœurs pures des républicains français. La tragédie nous rappellera les grandes époques de notre révolution; c'est là que le poëte, le musicien, animés par le génie de la liberté, consacreront nos triomphes dans leurs chants belliqueux. Et les autres nations à leur tour, jalouses de conquérir leur indépendance, nous demanderont des Tyrtées pour conduire leurs soldats dans le chemin de l'honneur.....

« La République française affermie ne craindra plus alors la comparaison des gouvernements étrangers, ni des mœurs antiques avec les siennes; jouissant autant qu'il est possible des biens fragiles de ce monde; jouissant de la liberté, qui vaut à elle-seule toutes les jouissances; heureux enfin dans notre existence, la douce pitié nous fera sourire à l'aspect des anciens préjugés, comme nous sourions en nous rappelant les hochets de notre enfance. »

Ne trouvez-vous pas que ces pages sereines pourraient (à cela près du style) avoir été écrites à l'usage de quelque journal optimiste d'hier-soir ou de ce matin?. . Elles sont pourtant datées de 1794.

9

L'AN DE MUSIQUE 1870.

2 janvier.

Où la guerre ne porte-t-elle pas la ruine et la désolation ?

Je viens, fidèle à une vieille habitude, de dresser la table des opéras représentés dans l'année. Ce relevé de compte est piteux, misérable de tout point : il équivaut à une demi-colonne de journal, rien de plus, et vous a un air dévasté comme une maison de Saint-Cloud ou du Bourget.

Il y a des théâtres qui, comme le Théâtre-Lyrique, n'ont pas mis au jour le plus mince couplet de musique inédite. Le Théâtre-Italien a été aussi infertile. Quant à l'Opéra, il n'a donné qu'un ballet en deux actes.

Dans cette malheureuse année 1870 nous avons en tout *dix-sept* actes, lesquels sont « nouveaux pour Paris », sinon « inédits », puisque nous sommes obligés de compter *les Brigands* de M. Verdi, que l'on joue à Londres depuis plus de vingt ans, et *Valse et Menuet*, un petit opéra-comique écrit pour je ne sais quelle ville d'eaux allemande.

Encore nous ne chicanerions point s'il y avait quelque *Zampa* ou quelque *Guillaume Tell* inscrit sur la liste ;

mais de ces belles choses le moule est brisé. Les opéras de 1870 sont même si peu valables et résistants à l'action du temps que c'est à peine si on en sait les titres aujourd'hui.

Dix-sept actes, c'est peu, même en considérant qu'ils ne représentent que six mois de production, car l'année précédente en avait vu éclore cinquante-huit.

Et puis, sur ces dix-sept actes, nous en avons quatre qui sont signés d'un Italien, — trois d'un Allemand — et un d'un Hollandais..... Il n'en reste donc que neuf au compte des Français.

Ainsi l'État subventionnait des théâtres et des conservatoires pour n'obtenir en retour de ses millions que neuf petits actes très-fluets et qui ne valent pas une ariette réussie. L'opération est tout à fait pauvre ; et c'est le cas de dire avec Bilboquet que « l'art est dans le marasme ».

A ce propos, on peut se rallier à la doctrine de ceux qui affirment que nous sortirons plus grands, plus forts, plus sains d'esprit, de l'épreuve douloureuse que nous traversons : la douleur est, en effet, un des symptômes de l'enfantement.

Ce qui est certain aussi, c'est qu'en musique un peuple de quarante millions d'âmes ne peut guère descendre plus bas que le point où nous avons atteint cette année.

Une autre remarque que je fais devant mon catalogue de 1870, et qui s'adresserait aux personnes superstitieuses, c'est que le sujet du ballet de *Coppelia* est tiré du conteur allemand Hoffmann, que le livret des *Brigands* est imité de Schiller, que l'*Ombre* est signée de M. de Flotow, compositeur d'outre-Rhin, que l'opérette *Valse et Menuet* a été jouée en Allemagne avant d'être exécutée à l'Athénée, que la dernière partition reprise à l'Opéra est celle du *Freischutz*, que la dernière œuvre donnée à l'Opéra-Comique a un nom allemand : le *Kobold*..... Autant de pronostics !

Depuis quelques années, en effet, il soufflait un mauvais vent d'est qui apportait sur la France tous les miasmes germaniques. L'Allemagne nous envahissait de mille façons, sans compter la dernière, qui est celle que tôt ou tard il lui faudra expier !

Rien n'empêche de supposer cependant que le second semestre de 1870 n'eut été plus fécond que le premier. Il se peut même que..... Mais Napoléon étant venu à se quereller avec Guillaume..... Vous savez le reste !

ɔ|ɔɔ|ɔɔ|ɔɔ|ɔ·ɔ|ɔ

17 janvier.

Il pleut des obus Krupp sur toute la rive gauche de la Seine..... Des femmes, des enfants, des vieillards, ont été broyés par ces terribles engins.. ... Paris fait pourtant bonne contenance sous cet ouragan..... Un très-petit nombre d'habitants des quartiers bombardés se sont décidés à déménager.

Beaucoup d'autres ne daignent pas s'apercevoir du danger...
La plupart des cafés du quartier latin sont ouverts et fréquentés
comme à l'ordinaire.... Et Paris est enseveli sous la neige, et
Paris commence à manquer de pain !... Comme si de rien n'é-
tait, la Comédie-Française a fêté l'anniversaire de la naissance
de Molière par une reprise d'*Amphitryon* et une ode de circonstance. L'Ambigu vient de donner la première représentation
du *Forgeron de Châteaudun* ; et la Porte-Saint-Martin une reprise de *François le Champi* avec un intermède dramatique intitulé *l'Enfantement de la Marseillaise*...... Dans les cafés-concerts, recrudescence de chansons satiriques à l'adresse des personnages de l'empire : *le Sire de Fich-ton-Khan* alterne avec *le
Général Lasoupe-et-Lebœuf* et le *Préfet-mal-Pétri*.... L'idée de
beaucoup de Parisiens est que le bombardement est un signe
de détresse de la part des Allemands qui se débarrasseraient de
leurs munitions pour rendre leur fuite plus facile. Cela se dit
couramment et le plus tranquillement du monde !... Cependant
la population, poussée au délire, demande une sortie en
masse, une sortie « torrentielle » !

CHC

19 janvier.

Le gouvernement se décide *in extremis* à utiliser la garde
nationale, qui, outre la bonne volonté qu'elle montre depuis
le commencement, a acquis le droit de combattre après avoir
fait l'exercice pendant cinq mois. Ce matin donc on l'a lancée
à la baïonnette sur le parc de Buzenval et la redoute de Montretout. Il y a eu beaucoup de victimes ; mais ces deux points
de la ligne d'investissement ont été enlevés brillamment, « à
la française !.... » Le soir pourtant le général Trochu fait
sonner la retraite.

22 janvier.

Cette fois on s'est battu dans Paris !.... Les bataillons qui avaient envahi l'Hôtel de ville le 31 octobre ont tenté de s'en emparer de nouveau aux cris de « A bas Trochu ! Vive la Commune !.... » Force est restée au gouvernement de la Défense nationale, mais ç'a été au prix du sang !.... Ainsi, au dehors, notre armée de secours défaite au Mans et repoussée jusqu'à Laval ; au dedans, le bombardement, le froid, la famine et la guerre civile !.... On n'imagine pas ce qui peut nous arriver de pire !.... Quant à la musique, s'il est encore permis d'en parler au milieu de ces désastres, elle est réduite au tambour, au clairon et à la trompette !.... Ça va mal ! bien mal !!

LE TAMBOUR.

23 janvier.

Depuis quelques jours, la musique du tambour tient lieu de toute musique. Il faut la subir en ce qu'elle a de trop farouche pour les oreilles friandes de suavités mélodiques ; il faut aussi s'en enivrer, car elle communique à l'air que nous respirons je ne sais quel frisson de colère en parfaite harmonie avec les sentiments qui nous tiennent tous en ce moment.

Et même, si vous voulez bien y réfléchir, le tambour est un des chefs-d'œuvre de l'esprit humain. C'est merveille qu'une machine aussi simple puisse avoir tant d'action sur notre organisme. Une peau de veau tendue sur un cylindre de cuivre et battue avec deux petits morceaux de bois, il n'en faut pas plus pour réveiller les courages endormis, échauffer les cœurs de plusieurs milliers d'hommes et les mettre dans cet état frémissant qui enfante les actions héroïques. Telle est la magie du rhythme sur notre être sensitif, telle est encore la nature du son particulièrement vibrant qui s'échappe de l'instrument.

Aussi le tambour, considéré dans l'emploi qu'on en fait à la guerre, n'a point d'équivalent parmi tous les engins inventés pour produire des sons ou des bruits. Il est comme ces mots, d'ailleurs si rares dans la langue, et dont la force expressive est telle qu'on ne pourrait leur substituer un synonyme.

Pourtant celui qui a fabriqué le premier tambour était, sans le savoir, un grand destructeur d'hommes : autant valait tout de suite inventer la poudre.

Il est vrai que le tambour remonte à la plus fabuleuse antiquité. Aussi je n'en ferai point l'histoire chez les Hébreux et les Égyptiens ; car je la sais tout juste aussi bien que les savants qui ne la savent pas. D'ailleurs, rien n'ennuie le public comme les Hébreux et les Égyptiens, si ce n'est les Grecs et les Romains.

Mais quelques notes et citations sur l'emploi du tambour dans les temps modernes :

Le tambour nous serait venu d'Orient par les Maures et les Sarrasins, ces grands colporteurs du moyen âge. Il est avéré qu'il a retenti pour la première fois en France au siége de Calais, en 1347, et qu'il figurait en tête de l'armée d'Édouard III. Les noms qu'on lui donnait alors étaient très variés. En latin, on l'appelait *tympaniolum*, *tymbris*, *tambula*, *taborlum*, *tabur*, etc ....; en français : tympan, tabor, taborin, bedon, etc.... Je fais grâce du reste.

Cependant le tambour avait deux voix : l'une guerrière, l'autre plus douce pour célébrer l'allégresse publique. Lisez plutôt ce passage de Bouchet, parlant, dans ses *Annales d'Aquitaine*, de la cérémonie qui fut faite lorsque l'on porta à Madrid la rançon de François Ier : « Redondoit de tous côtés un si grand et si merveilleux bruit des arquebousiers qu'on ne se pouvait ouir l'un l'autre ; aussi pour le bruit des tabours, qui estoient avec les gens de pied françois, ensemble fibres, trompettes, clarons et autres instruments démonstratifs de joie. »

Je ne puis non plus priver le lecteur de ce passage de Rabelais où il est question du tambour au milieu d'une thèse plaisamment superstitieuse que soutient Pantagruel, sur le brouhaha des batailles. La tirade est, d'ailleurs, d'une grande éloquence et elle se rapporte encore (tristement!) aux choses du présent.

Pantagruel s'adresse donc à frère Jean des Entomeures, et lui dit : « Je confesse que les diables ne peulvent par coups d'espée mourir, mais je maintiens qu'ils peuvent pastir solution de continuité, comme si tu coupois de travers une flambe de feu ardent, ou une grosse et obscure fumée. Et crient comme diables à ce sentiment de solution, laquelle leur est doloreuse en diable. Quand tu vois le heurt de deux armées, penses tu que le bruit si grand et horrible que l'on y ouit provienne des voix humaines, du heurtis des harnois, du cliquetis des bardes, du chaplis des masses, du froissis des piques, du bris des lances, du cri des navrés, du son des *tabours* et trompettes, du hennissement des chevaux, du tonnerre des escoupettes et canons ? Il en est véritablement quelque chose, force est que je le confesse. Mais le grand effroi et vacarme principal provient du deuil et ullement des diables, qui là guettants pesle-mesle les pauvres âmes des blessés, recoipvent coups d'espée à l'improviste, et pastissent solution en la continuité de leur substance aérée et invisible. »

Plusieurs batteries réglementaires de tambour (et aussi plusieurs sonneries de clairon et de trompette) ont été composées par Lulli, puis reprises et modifiées sous le Consulat et l'Empire par un musicien nommé Buhl. C'est dans une ordonnance signée Louis XIV, et datée du 10 juillet 1670, qu'il est question pour la première fois de *la générale* : « Sa Majesté a ordonné et ordonne, veut et entend que, lorsque dans une armée il y aura ordre de faire marcher toute l'infanterie, l'on commence à battre le premier par la batterie *nouvellement* ordonnée par Sa Majesté, que l'on appelle *la générale*. »

Le tambour fit son entrée à l'Opéra en 1706, dans *Alcyone*, musique de Marais. Il servait à simuler les grondements du tonnerre dans un morceau imitatif de la tempête. Jusqu'à l'arrivée de Gluck, « la tempête d'Alcyone » a été considérée comme un chef-d'œuvre de musique dramatique.

Beaumarchais s'était donné ce blason significatif : Un tambour avec la devise : *Silet nisi percussus* (il garde le silence, à moins qu'on ne le batte).

ЭⅠⳠ

LA TROMPETTE ET LE CLAIRON.

La trompette et le clairon sont aussi des télégraphes sonores qui, au milieu du fracas de la guerre, servent à transmettre aux soldats les ordres de leurs chefs. Et ces instruments ont, comme le tambour, une action excitante sur l'organisme humain en raison de la nature des sons qu'ils émettent :

> Car quand on ouyt clairons sonner,
> Il n'est courage qui ne croisse,

dit François Villon dans son *Archer de Bagnolet*.

Remarquons cependant que Villon parle du clairon et non de la trompette. Il est vrai, en effet, que s'il y a parenté entre les deux instruments, il importe encore de ne pas les confondre. Dans l'armée française le clairon est réservé à l'infanterie, la trompette à la cavalerie.

Les Romains avaient deux engins analogues : le *lituus*, qui appartenait à la cavalerie, et le *buccinum*, dont se servaient les légions d'infanterie. Le buccin était fait d'une coquille de mer à laquelle était adaptée une embouchure.

Au moyen âge les gens de guerre sonnaient de l'oliphant, sorte de trompe creusée dans une défense d'éléphant, ou bien du bugle, lequel était fait d'une corne de buffle. Cependant on faisait aussi des trompettes de métal; celles qui figuraient à la cour de Charles V étaient d'argent.

Ce fut sous Louis XII qu'un Français du nom de Maurice donna aux trompettes la forme qu'elles ont conservée jusqu'à nos jours.

Quant au clairon, il existait au XVIe siècle, et Rabelais, qui en parle souvent, se garde toujours de le confondre avec la trompette. Il les nomme chacun par son nom. Écoutez d'ailleurs l'énumération des instruments de musique militaire qu'il fait dans son admirable récit du combat des Andouilles :

« Puis souldain Pantagruel retourne et nous asseure avoir à gausche descouvert une ambuscade d'Andouilles le long d'une petite colline, furieusement en bataille marchantes vers nous au son des vezes et piboles, des

gogues et des vessies, des joyeux fifres et tabours, des
trompettes et *clairons.* »

C'est Lulli qui, en 1674, installa définitivement la
trompette dans l'orchestre de l'Opéra ; mais déjà elle
avait été jouée sur le théâtre par des musiciens en costume.

La trompette dont on se sert aujourd'hui dans la cavalerie ne peut sonner que dans un seul ton (qui, sauf
erreur, est celui de *si bémol*). Celle de l'orchestre se met
au ton que l'on veut par l'addition de tuyaux plus ou
moins longs. Ces pièces de rechange, qui justement s'ap-
pellent *tons*, ont été inventées au siècle dernier par un
Hanovrien.

Pendant quelque temps on s'est servi aussi dans les
orchestres de trompettes à clefs qui étaient d'une grande
justesse, mais qui donnaient des sons un peu sourds.
C'est en 1825 que les frères Gambatti introduisirent cet
instrument au Théâtre-Italien de Paris.

Depuis on a renoncé à la trompette à clefs et délaissé
aussi la simple trompette, que remplace comme il peut le
cornet à pistons.

FAITS DIVERS.

25 janvier.

Voici maintenant, et un peu pêle-mêle, plusieurs faits d'importance variée que nous n'aurions pu classer que difficilement sous les diverses rubriques de nos chapitres :

— Il va de soi que tous les musiciens résidant à Paris faisaient partie de la garde nationale; un grand nombre d'entre eux ont vu l'ennemi de près soit comme volontaires, soit comme incorporés légalement dans les bataillons de guerre. Nous ne saurions citer leurs noms à tous. Pourtant nous pouvons inscrire avec certitude sur nos tablettes ceux de MM. Gennaro Perelli, pianiste, tué à Buzenval; Edmond Moreau, organiste et gendre d'Adolphe Adam, tué à Chevilly; Godefroy, élève de chant du Conservatoire, tué à ***; Marius Boulard, chef d'orchestre des Variétés, grièvement blessé à Buzenval....; ceux encore de MM. Pasdeloup; Marmontel, professeur au Conservatoire; Corbaz; Guiraud, prix de Rome, auteur du *Kobold*; Duvernoy, du Conservatoire; Valdejo, ténor du Théâtre-Lyrique; Clapisson fils; Berthelier, des Bouffes-Parisiens, volontaire aux

Éclaireurs-Poulizac; Gustave Bertrand, critique musical du journal *le Nord*; Mathieu de Monter, rédacteur de la *Revue et Gazette musicale*; Arthur Heulhard, écrivain sur la musique; de Pontécoulant, écrivain sur la musique, âgé de 78 ans, etc....

— Au Théâtre-Italien, il y a eu une exécution de la *Messe de Rossini*, avec Mme A. de Lagrange et Mlle Sanz.

— Le nombre des concerts de l'Opéra a été de dix-neuf.

— Plusieurs concerts ont été donnés au château de Bagatelle dans le bois de Boulogne par un bataillon de mobiles de la Seine qui y était campé.

— Pendant le siége est mort Alexandre Flan, président de la Société chantante du Caveau et auteur d'un nombre considérable de chansons. « Il aimait la chanson pour elle-même, a écrit de lui Ch. Monselet, et il avait formé une collection assez complète de tous les chansonniers passés et présents. Cette collection, il l'avait installée dans une petite maisonnette aux environs de Courbevoie. Enfin, il avait créé un journal hebdomadaire : *la Chanson illustrée*. Ainsi loti, Alexandre Flan semblait heureux; — mais il avait compté sans la guerre. La guerre le força d'abandonner sa maisonnette, comprise dans la zone des travaux de défense. La guerre le força de suspendre la publication de son journal. La guerre lui ferma les petits théâtres, où il trouvait son pain quotidien. Alors il tomba dans la tristesse et dans la douleur. Il erra pendant quelque temps à travers Paris, comme pour y distribuer ses dernières poignées de main. Puis, un jour, le Caveau apprit la mort de son président. »

— Plusieurs bataillons de la garde nationale avaient une musique militaire. J'ai vu un soir une de ces bandes harmonieuses qui, à la lueur des torches, remontait le faubourg Montmartre. Elle jouait *le Chant du départ*, tandis que plusieurs soldats quêtaient parmi la foule au profit des blessés. L'effet de ce concert ambulatoire était très-saisissant.

— La garde nationale fait dans Paris une police zélée, minutieuse, implacable. Ce que j'ai vu mettre de citoyens « au violon » !.....

De telle sorte que l'idée m'est venue de faire quelques recherches sur le rapport qui peut exister entre le *violon*, instrument de musique, et le *violon*, lieu de sûreté où l'on enferme les malfaiteurs. Or, je suis aise du prétexte qui se présente à moi de faire part de ce que j'ai trouvé.

Au moyen âge les ménestrels, jugleurs et diseurs de lais s'accompagnaient volontiers sur un instrument qui avait nom le psaltérion, et que, suivant la croyance générale, les croisés avaient rapporté de Palestine. C'était une petite caisse de bois ayant la forme géométrique du trapèze et sur laquelle étaient tendues des cordes de métal que l'on touchait avec les doigts.

Or, il fallait alors, comme aujourd'hui, de nombreuses prisons pour collectionner tout ce que la bonne ville de Paris contenait de filous, de truands, de tire-laines et autres espèces nuisibles. Ces prisons laissaient voir aux passants leurs fenêtres dont les barreaux étreints par les mains convulsives des reclus figuraient les énormes cordes d'un monstrueux psaltérion. L'analogie était dérisoire, grossière au possible. Pourtant il est avéré qu'elle fut saisie par les argotiers du temps, qui firent passer dans le langage l'expression « mettre au psaltérion » pour : mettre en prison.

Plus tard, c'est-à-dire vers le milieu du XVIe siècle, quand le psaltérion se démoda, on vit paraître le violon, qui l'égala en faveur, sans en être positivement la continuation. Le gamin de Paris, très-preste comme toujours à donner dans le nouveau, ne dit plus alors mettre au psaltérion, mais bien : mettre au violon.

Et voilà comment la belle langue française appelle d'un même nom deux choses qui rendent des sons si différents !

— Le 2 janvier (?), avant-veille du bombardement de la rive gauche, Mme Ugalde a chanté au Théâtre Cluny le quatrième acte d'*Orphée*, de Gluck. Le rôle d'Eurydice était tenu par Mlle Morio.

— Dans les quelques jours qui ont suivi la déclaration de guerre et précédé nos premiers revers, les théâtres s'étaient mis à l'œuvre pour monter des à-propos patriotiques. Ces saynètes de circonstance n'ont pas toutes vu le jour de la rampe; il nous souvient cependant de celle du Gymnase, qui était intitulée *Après la guerre*. On y voyait l'armée française défiler victorieuse au son de la musique. Darcier, le chanteur populaire, avait été engagé tout exprès, et, en uniforme de vétéran, débitait plusieurs romances où la guerre était chantée en ce qu'elle peut avoir de poétique. — A la Gaîté on donnait *les Volontaires de* 1792, paroles de MM. Philibert et Burani, musique de M. Goudson. — M. Sardou, en collaboration avec M. Ph. Gille, préparait pour le même théâtre une pièce qui devait avoir nom *Aux armes!* et dont la musique avait été demandée à M. Duprato. — Le théâtre du Château-d'Eau (ex-théâtre du Prince-Impérial) répétait *Duriveau en Prusse*, de MM. Clairville et Judicis. Duriveau est un personnage de la pièce des *Cosaques*, si populaire en 1855. Il y personnifiait le soldat français, à la fois brave et narquois. C'est lui, si je m'en souviens, qui chantait cette chanson dont le refrain bien connu est :

> Quand l'étranger ose envahir la France,
> Il faut danser à la voix du canon!....

— Le théâtre du Palais-Royal allait jouer : *la Troupe du Palais-Royal à Bade*, trait historique de MM. Clairville et Granger. — Le Vaudeville avait commandé une pièce patriotique à M. Louis Leroy. — Mais à la nouvelle de la bataille de Reischoffen représentations et répétitions furent abandonnées.

— M. Zeller a donné dans le *Moniteur universel* un

spécimen des chansons que l'on rime contre nous chez les Allemands. C'est le fusilier Kutschke qui parle (le fusilier Kutschke est un personnage légendaire comme notre Dumanet et notre Boquillon) :

« Eh bien ! qu'en dis-tu, Paris ? C'est fait ; tu l'as vu, cette fois. Ouvriras-tu encore ta gueule ?

« Ah ! tu es à terre, rendu ! tu ne jappes plus ! tu ne crieras plus : A Berlin !

« Vois-tu bien, nous traversons ton Arc de triomphe, et Guillaume dort comme un blaireau dans tes Tuileries.

« Si tu ne t'étais pas si bien paré, il n'en aurait pas été ainsi :

« Je te le disais : Rends-toi ! Mais, dans ton orgueil, tu as voulu supporter la faim et le bombardement.

« Qu'est-ce que cela t'a rapporté ? Pauvre ville, ce n'était pas pour toi que je voulais me reposer dans tes bras !

« Triste créature à regarder en face aujourd'hui ! C'est à faire pitié : *rien à prendre ! ! !* Si je voulais la saisir dans mes bras, je la briserais en deux. Si sèche ! si étique !... Regarde toi un peu dans ton miroir.

« Respectable matrone, te voilà bien vieille, bien grise ! Plus de jeunesse, plus de fleurs sur la tête ! Allons, ne pleure pas ; nous te donnerons un morceau de pain , et crie joyeusement : Vive la Prusse !»

. . . .

Les Allemands ont l'esprit lourd et la parole facilement acerbe, ce dont ils enragent au fond, mais ce qui, comme on vient de le voir, ne les empêche pas de crier haut les épaisses plaisanteries qui poussent dans leurs cervelles. On dirait qu'ils tiennent à confirmer la fâcheuse opinion qu'on a d'eux.... même en Allemagne !

Cette chanson du fusilier Kutschke aura été trouvée peut-être sur quelque cadavre de Prussien mort aux environs de Paris, ou dans le sac d'un prisonnier: car, bien que vaincus, nous n'avons pas été sans tuer un grand nombre de nos ennemis ou sans en prendre quelques-uns de vivants. Les papiers saisis sur eux (lettres, journaux, chansons, etc.) nous ont souvent apporté des nouvelles du dehors, et bien opportunément, dans les jours de froid extrême où les pigeons envoyés par M. Gambetta se perdaient en route.

— Durant tout le siége une ambulance a fonctionné activement dans le foyer du Théâtre-Italien.

— La salle de l'Athénée, située, comme on sait, dans un sous-sol de la rue Scribe, a souvent servi à des réunions publiques; mais l'assistance y était généralement très-paisible. Nous y avons entendu de très-beaux et instructifs discours, un soir que la séance était présidée par Me Rousse, bâtonnier de l'ordre des avocats. — Il y a eu aussi plusieurs essais de représentation à l'Athénée; notamment, le 30 novembre (jour de grande canonnade); on y donnait *le Toreador*, plus des fragments de *Guillaume Tell* (introduction du 1er acte et finale du 2e), chantés assis par des chanteurs en habit noir. Le rôle de Guillaume Tell était tenu par Soto.

— Nous étions à peu près dépourvus de tout moyen de défense lorsque l'ennemi est venu nous investir; nous n'avions ni troupes organisées en nombre suffisant, ni artillerie de campagne, ni poudre, ni projectiles; nous manquions aussi de tambours et de clairons pour les 273 bataillons de la garde nationale qu'on avait dû improviser. Tous les tambours et tous les clairons appartenant aux théâtres et aux orchestres de Paris ont donc été requisitionnés. Cela fait, et une fois qu'on a été en possession des instruments, il a fallu éduquer les instrumentistes. C'est au terre-plein du port du Louvre, entre le pont Royal et celui des Saints-Pères, que les leçons se donnaient.

— On nous communique un document bien curieux : c'est une lettre de Mme Dietrich, femme du maire de Strasbourg chez qui *la Marseillaise* fut chantée pour la première fois :

Strasbourg, mai 1792.

« Cher frère, je te dirai que depuis quelques jours je ne fais que copier et transcrire de la musique, occupation qui m'amuse et me distrait beaucoup, surtout en ce moment, où partout on ne discute et ne cause que politique de tout genre. Comme tu sais que nous recevons beaucoup de monde et qu'il faut toujours *inventer quelque chose*, soit pour changer de conversation, soit pour traiter des sujets plus distrayants les uns que les autres,

mon mari a imaginé de faire composer *un chant de cir-*
constance. Le capitaine du génie Rouget de Lisle, un
compositeur et un poëte *fort aimable,* a rapidement fait
la musique du chant de guerre. Mon mari, qui est un
bon ténor, a chanté le morceau, qui est entraînant et
d'une *certaine originalité.* C'est du Gluck *en mieux,* plus
vif et plus alerte. Moi, de mon côté, j'ai mis mon talent
d'orchestration en jeu ; j'ai arrangé les partitions sur clavecin et autres instruments. J'ai donc eu beaucoup à tra-
vailler. Le morceau a été joué chez nous à la grande
satisfaction de l'assistance. Je t'envoie la copie de la
musique. Les petites virtuoses qui t'entourent n'auront
qu'à le déchiffrer, et tu seras charmé d'entendre le morceau.

  « Ta sœur,

   « LOUISE DIETRICH, née OCHS ».

On voit par cette lettre que l'hymne terrible de la Révolution n'était considéré tout d'abord que comme une
romance d'amateur, excellente pour amuser les désœu-
vrés de salon et les *distraire de la politique.* Mais
depuis.....! — Le maire de Strasbourg habitait alors
rue de la Mésange (qui prit le nom de « rue de la Marseillaise » en 1848). — Rouget de l'Isle demeurait
Grande Rue, n° 126, maison Bœckel.

 — Le hasard a voulu que M. Dietrich, petit-neveu du
maire de Strasbourg en 1792, fût maire de Niederbronn.

en 1870. Or, on sait que nos premiers coups de fusil sur l'armée allemande ont été tirés de Niederbronn. — La famille Dietrich est originaire de la Lorraine; elle portait anciennement le nom de Didier. Ce fut un Dietrich qui, le 30 septembre 1681, négocia l'annexion à la France de la cité libre de Strasbourg.

— Pendant le siège de Paris est mort en province Aimé Maillart, auteur de *Gastibelza*, de *Lara*, des *Dragons de Villars.* Ce remarquable compositeur était né à Marseille en 1817. Il avait obtenu le prix de Rome en 1841.

— Est mort aussi aux premiers jours de la guerre le chansonnier populaire Pierre Dupont, qui eut tant de succès en 1848 avec les *Bœufs*, les *Louis d'or*, la *Chanson du Pain*, le *Chant des Nations*.

— Parmi les quadrupèdes réquisitionnés, tués et mangés, figure *Almaviva*, cheval favori de M. Auber. On dit que l'illustre auteur de *la Muette* en est très-affecté, et que depuis cet événement il est tombé dans un état de mélancolie qui est de mauvais augure à son âge. M. Auber, en effet, vient d'entrer dans sa quatre-vingt-dixième année (janvier 1871).

— Quelques jours avant la guerre, le maestro F. Ricci avait commencé, en collaboration avec M. de Najac, un opéra destiné aux Bouffes-Parisiens, et qui devait s'appeler d'un de ces trois noms au choix : *la Corde de pendu*, — *la Dogaresse*, — *le Docteur rose*... Mais, Paris allant être investi, M. Ricci s'est réfugié à Dieppe. Or, M. de Najac, qui est resté à Paris, envoie par le ballon ses vers à son collaborateur, qui doit les lui retourner, avec musique, par le pigeon officiel. Le cas est unique, je crois, dans les fastes de la collaboration.

— Après la révolution du 4 septembre, et en considération de l'état de guerre où se trouvait la France, le ministère des beaux-arts a dû être supprimé. Il avait été institué le 2 janvier 1870 en faveur de M. Maurice Richard, député. Dès son entrée en fonction M. M. Richard avait nommé une commission chargée de réformer le plan des études au Conservatoire de musique. — Besogne urgente, et qui, nous l'espérons, sera reprise à la paix.

— Dès les premiers temps du siége, tous les journaux spéciaux de musique ont suspendu leur publication. Ils s'appelaient :

La Revue et Gazette musicale (fondée en 1827);

Le Ménestrel (fondé en 1833) ;

La France musicale (fondée en 1837);

L'Art musical (fondé en 1860) ;

La Réforme musicale;

L'Orphéon;

L'Echo des orphéons;

La Nouvelle France chorale;

Etc.....

— La littérature musicale, d'ailleurs si prospère dans ces dernières années, a subi bien d'autres atteintes par suite de la déclaration de guerre. Si, d'une part, les journaux spéciaux de musique ont été supprimés, de l'autre, il est à notre connaissance que les livres suivants allaient paraître à l'automne de 1870 :

A. AZEVEDO : *Rossini en pantoufles.*

DANIEL BERNARD : *Libres critiques de musique et de littérature.*

GUSTAVE BERTRAND : *Les Nationalités musicales étudiées dans le drame lyrique.*

JOSEPH DE FILIPPI : *Histoire de l'Opéra italien.*

ARTHUR HEULHARD : *La Fourchette harmonique, histoire de cette société musicale, littéraire et gastronomique.*

MATHIEU DE MONTER : *Rameau et son temps.*

ARTHUR POUGIN : *Les Théâtres de Paris pendant la Révolution.*

LOUIS ROGER : *Essai d'esthétique musicale.*

E. THOINAN : *Histoire de la presse musicale en France.*

FRANÇOIS DE VILLARS : *Pergolèse.*

ALBERT VIZENTINI : *Mémoires d'un Claqueur.*

WEKERLIN : *La Chanson populaire en Alsace.*

Etc.

Cependant le public ne perdra rien pour attendre ; une partie de ces importants ouvrages a paru, et l'autre va paraître.

— Les bâtiments du nouvel Opéra ont été utilisés comme magasins de vivres pendant le siége. Les travaux y avaient d'ailleurs été interrompus, et les balustrades extérieures du rez-de-chaussée étaient encore cachées par des palissades.

— Il paraît qu'après la prise de Sedan les musiques militaires prussiennes ont joué *la Marseillaise* pour marquer le pas à nos soldats faits prisonniers. — Plaisanterie amère !

— Un fait remarquable et peu remarqué : la race prussienne n'a produit aucun des grands compositeurs dont s'honore l'Allemagne. — Haydn est né à Rohrau (Autriche) ; Mozart à Salzbourg ; Weber à Eutin (Holstein) ; Beethoven à Bonn (et sa famille était d'origine hollandaise)... Il est vrai que Meyerbeer et Mendelssohn naquirent à Berlin ; mais tous deux étaient israélites.

— Dans un concert donné au Théâtre-Cluny, un chanteur entonne le *Noël* d'Adolphe Adam :

Minuit, chrétiens, c'est l'heure solennelle !

Une voix s'écrie du fond du parterre, avec un effarement naïf :

« Déjà minuit !... Je n'aurai plus d'omnibus ! »

— Scène de club :

Un orateur monte à la tribune et commence ainsi son discours : « Citoyens, nous inaugurons une ère nouvelle... »

Un gamin, aussitôt de hurler avec la voix tradition-
nelle de Gavroche :

« Pas d'ère nouvelle ! pas d'ère nouvelle !... *la Mar-*
seillaise ! »

ɔIGɔIGɔIGɔIGɔIG

28 janvier.

Nous n'avons plus de pain ! nous nous rendons !.... Les
Allemands ne nous ont pas pris par les armes, mais par la famine !.... Nous avons résisté cinq mois, parce que nous avions
pour cinq mois de vivres. Ainsi la grande opération de guerre,
qui s'appelle le siége de Paris, n'aura servi qu'à établir le stock
de nos denrées alimentaires !.... Si, par malheur, j'étais né à
Berlin, je ne serais pas fier d'une victoire dans laquelle entrent
comme éléments tant de maladies d'estomac !

ɔIGɔIGɔIGɔIGɔIG

UN AN APRÈS !

(*Épilogue.*)

28 janvier 1872.

Aussi longtemps qu'il y aura des imbéciles, on redira
que les Français n'aiment pas la musique et que les Pari-

siens surtout sont sourds à ses charmes, ayant l'oreille faite des bois les plus durs.

Quelqu'un a écrit ces bourdes, je ne sais quand ni sur quel morceau de papier, et il s'est trouvé des gens pour y accorder créance, tant est inné chez nous le respect de la chose écrite.

Pourtant, dans la réalité, il en est autrement. La ville qu'Alphonse Karr appelait plaisamment Pianopolis, et que les géographes, par routine, désignent encore sous le nom de Paris, est une grande gourmande en musique.

Sa passion pour les sept notes de la gamme est déjà ancienne ; mais dans ces derniers temps elle a pris des allures furibondes. Aucune statistique ne saura dénombrer les morceaux pour divers instruments, et même les morceaux pour orchestre, qui se consomment par jour dans l'espace compris entre le bois de Boulogne et celui de Vincennes. C'est à peine si cet appétit robuste a fléchi un instant lorsque les Allemands entouraient Paris pour faire croire qu'ils allaient le prendre d'assaut. C'est à peine encore si pendant les batailles de la Commune les théâtres ont pu se décider à fermer.

En 1871, année de bouleversements et de massacres, il a été donné plusieurs opéras nouveaux : *Érostrate*, de M. Reyer, à l'Opéra ; *Javotte*, de M. Jonas, au Théâtre-Lyrique (qui s'abrite dans le souterrain de l'Athénée, en attendant que sa salle incendiée soit reconstruite) ; *Monsieur de Crac* et *Boule-de-Neige*, aux Bouffes-Parisiens. Puis l'Opéra-Comique a donné la millième représentation du *Pré aux Clercs*; l'Opéra a repris son répertoire traditionnel : *les Huguenots, Robert le Diable, le Prophète, la Juive, Guillaume Tell, Don Juan,* etc. Et on répète partout des partitions inédites.

A la date où nous sommes (28 janvier 1872) il n'y a pas au monde de ville semblable à Paris, qui, après tant de secousses mortelles, conserve encore assez de vitalité pour ouvrir ses théâtres et y chanter des chansons !

Je vous le dis en vérité : ici on aime la musique.

Mon lecteur,—si j'en ai un,—m'arrête et m'objecte : Qu'entendez-vous par musique? Est-ce le turlututu bruyant des cafés-concerts ?

Non assurément !... Il est vrai que quelques limonadiers ont imaginé de mêler des romances à leur limonade, comme d'autres y mettraient du sucre et du citron.

Il est vrai aussi qu'il y a un public qui se régale de cette mixture. Mais l'art n'y est pour rien, et il ne faut pas se faire un argument des brasseries lyriques pour conclure à l'avilissement du dilettantisme.

Nous ne sommes, d'ailleurs, que trop enclins à crier à la décadence depuis nos désastres nationaux. A entendre certains déclamateurs, c'est même pour avoir encouragé le débit de petites malpropretés musicales que nos malheurs nous sont arrivés.

Croyez-moi, les cafés-concerts ne font pas plus de tort à la vraie musique que les enseignes barbouillées au mètre carré ne peuvent inquiéter la vraie peinture. Les cafés-concerts sont des cafés où l'on chante, et non des salles de concert où l'on boit. Ce qui n'est, tant s'en faut, pas la même chose.

Avant peu vous les verrez faire table rase de leur répertoire argotier et niais pour se changer en autant de théâtres où l'on pourra jouer l'opéra-comique à la grande joie des compositeurs, des chanteurs et du public. Les compositeurs de valeur y trouveront leur gloire et leur pain. Puis le menu fretin des faiseurs d'ariettes ne viendra plus harceler de ses sollicitations l'Opéra, l'Opéra-Comique ou le Théâtre-Lyrique. Et c'est ce qui a lieu; absolument comme vous verriez la Comédie-Française prise d'assaut par la troupe légère des vaudevillistes si l'on s'avisait de supprimer les petits théâtres où ces messieurs agitent leurs grelots.

Voilà donc une quarantaine de salles tout aménagées et qui n'auront besoin que d'être nettoyées des chansons saugrenues qu'on y débite.

Quarante théâtres de plus! Il n'y a pas à se récrier sur le chiffre. Le Paris de la première République, qui ne renfermait que 600,000 habitants, comptait dix-sept théâtres lyriques. (Nous en avons donné la nomenclature dans un de nos précédents chapitres.)

Or ces dix-sept théâtres ont grandement servi la cause de la musique. Leurs portes, ouvertes aux auteurs, furent un encouragement donné à la production : car il est évident que les lois qui régissent l'industrie des choses matérielles dominent aussi les travaux de l'esprit. Autrement, il y a d'autant plus d'usines pour fabriquer une marchandise qu'il y a plus de boutiques pour la vendre.

La comparaison est lourdement prosaïque ; peut-être est-elle juste.

Oui, je l'affirme, les cafés-concerts, objet de tant de courroux, ont déjà une tendance marquée à se transformer en théâtres. Vous voyez là-bas, dans ce coin de la banlieue, cette femme à la voix fripée autant que la toilette... Laissez-la expectorer son immonde romance sur le tréteau où elle est perchée : dans un an peut-être elle aura cédé sa place à quelque accessit du Conservatoire qui méritait un prix. Le tréteau sera devenu une scène, un orchestre aura été installé dans la soupente où pianotait le pianiste-accompagnateur. Et cette caverne de pitres, bien et dûment assainie, se changera en un théâtre où l'on jouera *le Barbier de Séville, Lucie de Lamermoor, Don Pasquale, Si j'étais roi!* et *la Gazza ladra.*

Ne riez pas ! un si heureux dénoûment des choses s'est accompli l'autre jour boulevard de Clichy, au Concert-Tivoli, lequel mérite tous les encouragements pour son heureuse audace, encore qu'elle ne soit que du bon sens. Le Concert-Tivoli vient même de donner d'une façon très-acceptable *l'Africain,* grand opéra inédit de M. Simiot. Le cas est unique jusqu'à présent.

Et comme nous serions bien venus à faire les dégoûtés ! L'Opéra-Comique, dont nous sommes si fiers, n'a pas eu des commencements plus dignes lorsqu'il bégayait sa première chanson dans sa baraque de la foire, entre Polichinelle et le singe savant. Les pédants de collége nous apprennent aussi que la noble tragédie n'a pas dédaigné de naître dans un chariot exposé aux intempéries de l'air.

Le dilettantisme n'est donc pas chez nous aussi malade que le font les Allemands de l'Allemagne ou ceux de France. On supporte à Paris la mauvaise musique, mais on raffole de la bonne. La vérité vraie, palpable, et qu'on pourrait exprimer en chiffres, c'est que Beethoven a plus de succès chez nous que toutes les déjections musicales dont on voudrait faire grand bruit.

Nous avons cet hiver jusqu'à quatre institutions de concerts à grand orchestre qui fonctionnent régulièrement, et qui, comme on dit, « refusent du monde », très-régulièrement aussi !

Comptons :

Le concert du Conservatoire, temple sacré de la musique symphonique, et par excellence la maison mère de l'ordre ;

Le concert Pasdeloup, succursale très-fréquentée du précédent ;

Le concert du Grand-Hôtel conduit par M. Danbé, et qui a une heureuse tendance à l'exhibition de la musique historique ;

Le concert Besselièvre, au Châtelet, concert d'initiation où, à l'usage des apprentis dilettantes pour qui Beethoven est trop fort, on joue des œuvres de demi-caractère.

J'ai dit et je répète pour les gens positifs que ces diverses institutions sont prospères, bien que la musique qu'on y exécute ne soit point, comme au théâtre, accompagnée d'un spectacle qui réjouisse les yeux.

Voilà où en sont les choses en notre chère ville de Paris, prise deux fois de suite les armes à la main, et qui perdrait à troquer sa prétendue décadence contre la gloire improvisée dont on se targue si fort à Berlin.

FIN.

TABLE

Imprimé à Paris

PAR D. JOUAUST

RUE SAINT-HONORÉ, 338

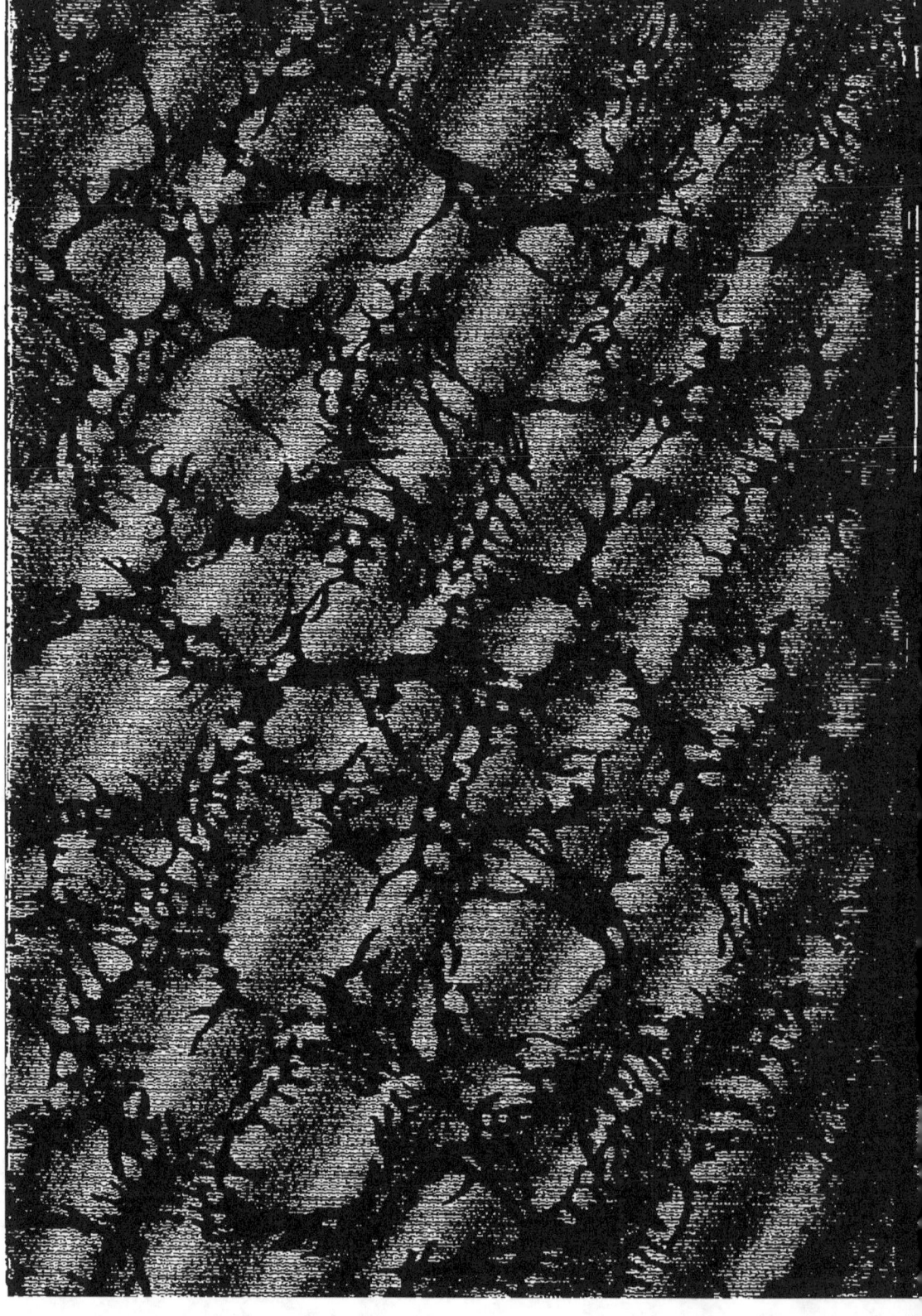

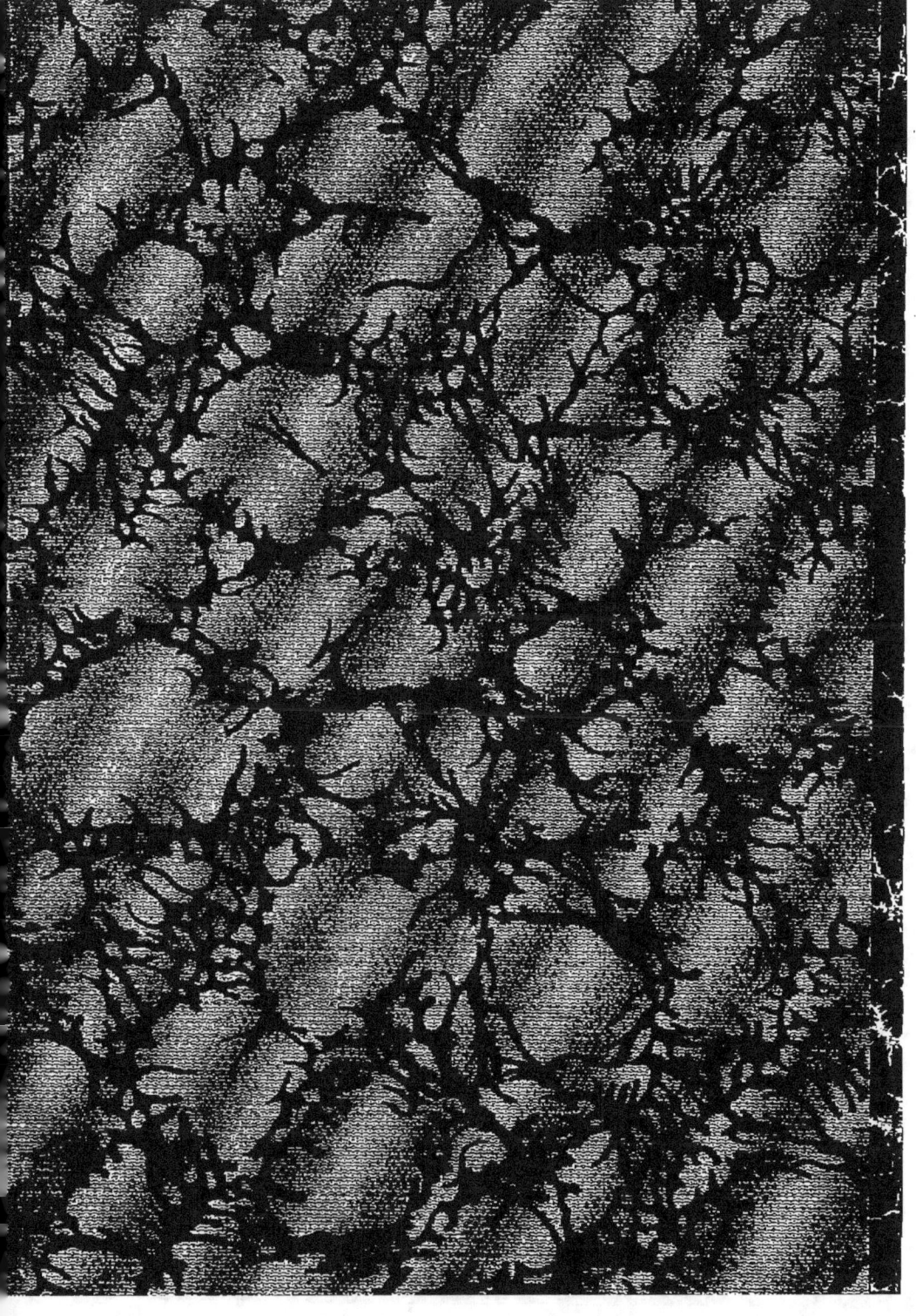

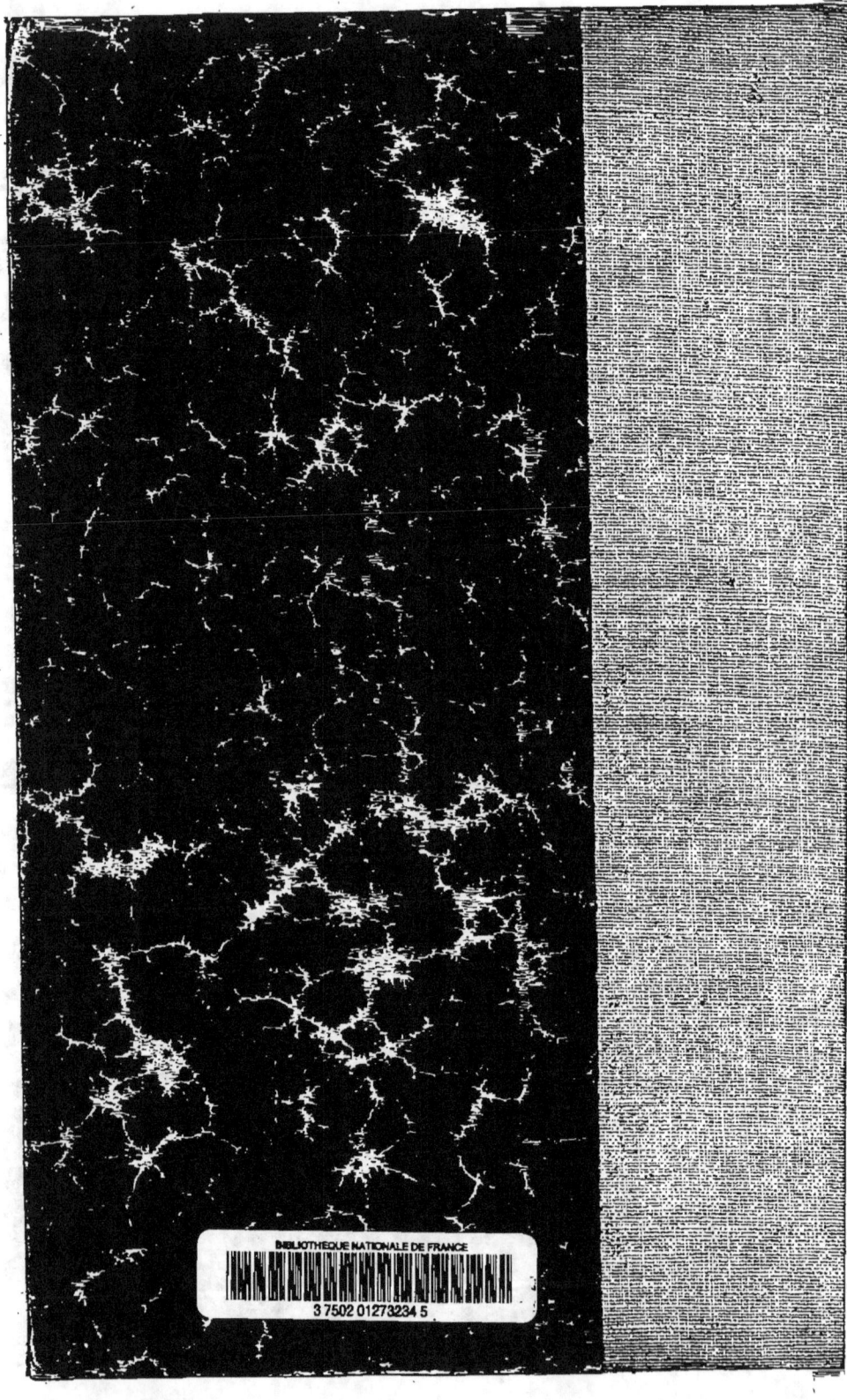